間諜教室 07

「冰刃」莫妮卡

Kadokawa Fantastic Novels

code name 花園
code name 百鬼

翠蝶
code name

緋蛟
code name

少女交戰中

間諜教室

SPY ROOM

「冰刃」莫妮卡

07

竹町

illustration

トマリ

Kadokawa Fantastic Novels

彩頁、內文插畫／トマリ
槍械設定協助／アサウラ

SPY ROOM

the room is a specialized institution of mission impossible

code name hyozin

CONTENTS

CHARACTER PROFILE

愛娘
Grete

某大政治家的千金。
個性嫻靜的少女。

花園
Lily

偏鄉出身、
不知世事的少女。

燎火
Klaus

「燈火」的創立者，
也是「世界最強」的
間諜。

夢語
Thea

大型報社社長的
獨生女。
嬌媚的少女。

冰刃
Monika

藝術家之女。
高傲的少女。

百鬼
Sibylla

出生於幫派家庭的
長女。
性格凜然的少女。

愚人
Erna

前貴族。頻繁遭遇
事故的不幸少女。

忘我
Annett

出身不明。
喪失記憶。
純真的少女。

草原
Sara

小鎮餐廳的女兒。
個性軟弱。

Team Otori

凱風
Queneau

鼓翼
Culu

飛禽
Vindo

羽琴
Pharma

翔破
Vics

浮雲
Lan

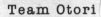

序章　惡夢

the room is a specialized institution of mission impossible
code name hyozin

慘劇在黎明時分上演。

地點是位於芬德聯邦首都休羅一隅的卡夏多人偶工坊。那是一棟地上兩層、地下一層的磚造建築，外觀和街上其他房屋別無二致，毫不顯眼。

在附近居民的認知中，這是一間人偶工匠聚集的寧靜工坊，但其實這個想法大錯特錯。這裡實際上是芬德聯邦的諜報機關ＣＩＭ的防諜專門部隊「貝里亞斯」的根據地，也是為了逮捕潛入國內的間諜所設立的據點。

慘劇發生在凌晨四點。當時身在建築內的有間諜團隊「燈火」的成員四人、「貝里亞斯」的成員兩人。「燈火」威脅「貝里亞斯」交出手中所握有的情報，因此少女們當時正在翻閱檔案。

首先察覺到異狀的是「愛娘」葛蕾特——四肢纖細，渾身散發玻璃工藝品般縹渺氣息的紅髮少女。

正在一樓會客室閱讀檔案的她，注意到站在房間出入口的襲擊者。由於那名襲擊者是她所熟悉的人物，於是她主動向那人搭話。豈料下一刻，白刃忽地一閃，葛蕾特沒能對突如其來的襲擊做出反應，就這麼失去意識。

下一個察覺到異狀的，是位在一樓走廊上的「愚人」愛爾娜——如洋娃娃般精巧美麗的嬌小金髮少女——原本是如此。

她從走廊上目擊到葛蕾特倒地不起的現場。她輪流望著鮮血從葛蕾特的身體緩緩擴散的情景和襲擊者，愕然失語。雖然她後來被襲擊者用力猛踹了腹部，仍以天生的機敏將傷害降至最低，並且逃往二樓。

愛爾娜之所以能成功逃往二樓，主要是因為「夢語」緹雅——身材凹凸有致的嬌媚黑髮少女——出現在走廊上。

她目睹了愛爾娜被狠踹的景象。儘管她立刻後退，卻依然輕易遭襲擊者按倒在地。倒地的她一邊呻吟著「妳為什麼要這麼做……」一邊抵抗，但不久仍被小刀砍傷右臂，身受重傷。

在此同時，「貝里亞斯」的老大和她的一名部下，一同目睹了慘劇的發生。

「操偶師」亞梅莉——眼周掛著大大的黑眼圈，身穿哥德蘿莉服裝的女性。

腦袋混亂、不明所以的她，唯一能做的就只有觀察眼前目擊到的現場。

途中，她隱約在襲擊者之外，又見到另一名雙肩有著大片傷痕的少女，卻沒能仔細看清楚。儘管她感覺似乎在哪裡見過對方，但由於隨即遭到襲擊者的毆打，因此沒一會兒便遺忘此事。

見到愛爾娜突然衝上二樓，「忘我」安妮特——用大眼罩覆蓋左眼，雜亂地紮起灰桃色頭髮的少女——舉起武器。

她在二樓深處的工作室內，與不久後來到的襲擊者對峙。她以自己拿手的炸彈抵抗，炸彈爆炸時產生的衝擊波令卡夏多人偶工坊陷入火海。

可是，這樣的抵抗在襲擊者面前卻顯得無力。

炸彈被反踢回來，使得安妮特和身後的愛爾娜一起受了傷。愛爾娜頭部出血，昏厥過去。安妮特為了保護她試圖抵抗，卻被襲擊者以小刀用力毆打身體的側面。斷掉的肋骨刺進內臟，口吐鮮血的她同樣也失去意識。

就在這時，原本人在屋外的兩名少女抵達現場。

「花園」百合——以可愛娃娃臉和豐滿胸部為特徵的銀髮少女。

「百鬼」席薇亞——有著凜然目光和緊實身軀的白髮少女。

她們目擊到安妮特遭小刀毆打的現場。

無法置信的景象令兩人愕然，無法動彈。

在搖曳的火焰中，襲擊者以細小的呢喃聲說了句「——抱歉」，之後便和雙肩負傷的少女一起離開卡夏多人偶工坊。

以上就是「燈火」的叛徒——「冰刃」莫妮卡所引發的慘劇。

◇◇◇

熊熊燃燒的卡夏多人偶工坊將休羅的上空染得通紅。

自昨晚下起的一場雨，將蔓延在休羅的天空中的髒汙沖刷乾淨，月亮於是在被霧氣籠罩的城市中現身。然而，那也只是一瞬間的事情。厚厚的雲層很快又再度覆蓋天空，遮掩住月亮。火焰自工坊竄升至太陽尚未升起的天空中。

火災並未延燒到周圍的建築物。

火勢很快就會被撲滅。

但是，目睹這場火災的人們都很清楚，真正的動亂現在才正要開始。

「疾、風、怒、濤——！」

在遠離工坊的大樓屋頂上，一名少女大大地展開雙臂。

「妳很有一套耶，『緋蛟』！妳可真是徹底大鬧了一番呢！」

那是一名手腳細長，肢體充滿著蠱惑魅力的少女。她的牙齒並不整齊，因此笑起來給人一種彷彿在嘲笑他人不幸的嗜虐印象。她穿著無袖的衣服，讓帶著傷痕的雙肩暴露在寒空中，嘴裡愉悅地喊著「疾風怒濤！」。

——「翠蝶」。

加爾迦多帝國的諜報機關「蛇」的成員。她踩著舞蹈似的步伐，一個人靈巧地在屋頂上不停轉圈。

而在她的身旁，站著一名神情平靜的藍銀髮少女。除了不對稱的髮型外，她的外表沒有其他特徵。

——「冰刃」莫妮卡。也是被稱為「緋蛟」的少女。

她定睛注視著起火的工坊，冷冷地說了句「妳還真開心啊」。

翠蝶停下腳步，一臉挑釁地露出潔白牙齒。

「蜜只是覺得妳很厲害喔。因為妳在這麼短的時間內，就連『貝里亞斯』的據點也一起燒燬了～當然得好好誇獎妳啦～」

「啊，是嗎？真是多謝了。」

「不過嘛，如果可以的話，蜜是覺得再將一人打個半死會更好啦。」

她打量似的瞇起雙眼。

「還是說——妳還在猶豫？」

身上滲出的殺氣瀰漫四周。

莫妮卡將視線從工坊移開，從懷中抽出小刀。刀身上沾滿黏稠的紅色鮮血。那是被她砍傷的同伴的血。

一面輕輕地用布拭去鮮血，莫妮卡回答：

「——猶豫？才沒有那回事。」

冷漠的措辭。

翠蝶揚起嘴角。

「目的應該已經達成了吧？也就是藉在下之手讓好幾人無法行動，並且綁架一人。」

莫妮卡擦完血之後，將小刀收進刀鞘。

「百合和席薇亞回來了。要是連克勞斯先生也在，形勢就會變得很不利，所以在下才會適時收手。妳有什麼不滿嗎？」

這次換成莫妮卡投以打量的目光。

翠蝶沉默了好一會兒，才拍手說道：

「——非常完美。」

清脆的掌聲在清晨的城市中響起。

「沒有錯，緋蛟，這樣就好～很好很好，真是太棒了！完全就跟蜜想的一樣～」

「雖然妳自稱『蜜』的品味讓人不以為然——」

「蜜是『me』的意思喔～」

「——不過緋蛟這個代號更教人覺得渾身不對勁。」

莫妮卡蹙起眉頭。

「難道不能取個普通一點的名字嗎？」

「『蛟』是幻想生物，也被視為是龍的一種。其外觀長得像一條藍色大蛇，和『蛇』以往自稱的『蒼蠅』、『蜘蛛』、『螞蟻』、『蝴蝶』等存在大相逕庭。

翠蝶像在跳舞一般優雅地在屋頂上轉圈，移動到莫妮卡背後。

「因為蜜想送搭檔一個相襯的名字。」

「嗄？」

「接下來，妳即將和蜜一起製造出最可怕的惡夢。我們要手牽手，像在跳舞一般將愚民們打入黑暗深淵，所以當然得給妳一個相襯的名字才行。」

翠蝶嘻嘻一笑，用手環住莫妮卡的頸子。

「妳知道嗎？從前有兩名將世界搞得天翻地覆的女間諜。」

「誰啊？」

「──『紅爐』費洛妮卡和『炮烙』蓋兒黛。」

莫妮卡對從耳畔傳來的名字有印象。

克勞斯曾經提過，她們是「燈火」的前身──「火焰」的成員。

「這兩人讓『火焰』的名號轟動全世界。她們拉攏殺手、遊戲師、占卜師加入，引導加爾迦多帝國走向戰敗。雖然是敵人，還是不得不承認她們是世界最厲害的間諜。」

翠蝶咧嘴露出凌亂的牙齒。

「不過，她們已經死了。」

「是啊。」莫妮卡簡短回應。「在下聽說了。『紅爐』是在穆札亞合眾國喪命，『炮烙』則是在芬德聯邦這個地方留下最後的音訊。」

莫妮卡一臉厭煩地觸碰翠蝶的右肩。

那裡留下了猶如閃電的傷痕。傷痕像裂縫一樣，從肩頭一路延伸至手肘。同樣的傷痕在左肩上也有。

「——妳的傷該不會是『炮烙』造成的吧？」

「妳的觀察力很好耶。」翠蝶露出扭曲的笑容。「完全正確。」

她將手伸向莫妮卡的腹部，輕柔地來回撫摸。

「妳別告訴別人，其實『炮烙』是蜜幹掉的喔。」

「……是喔，可是在下聽說她是個超強的老婦人。」

「就算以前再厲害，她終究還是老了、不中用了。很可悲喔～她頂多只能稍微弄傷蜜，然後就在蜜的面前苦苦求饒，斷了最後一口氣。真是愚蠢。」

翠蝶神情愉悅地繼續觸摸莫妮卡的身體。她憐愛地移動雙手，愛撫腹部、大腿、乳房，完全不顧眉頭緊蹙的莫妮卡。

「——接下來要在全世界舞蹈的是蜜和妳。」

一邊撫摸莫妮卡，她泛起微笑。

最後，她瞪著眼前休羅的街景，用愉快的口吻說道。

「好了，驚慌失措吧，愚民們！將不會結束的惡夢，深深烙印在眼底吧！」

莫妮卡默默地和翠蝶看著同個方向。她儘管將視線望向前方，眼神卻朦朧得讓人分不清她究竟將焦點投射在何處。

「在下會妥善處理的。」

不久，莫妮卡開口。

「只要毀掉這個世界就好了對吧？——以骯髒醜陋的叛徒身分。」

天色將明。

然而芬德聯邦的漫長惡夢卻才正要開始。

1章　緋蛟①

the room is a specialized institution of mission impossible
code name hyozin

——世界上充滿了痛苦。

被稱為世界大戰的史上最大戰爭結束至今，已經過了十年。目睹世界大戰慘狀的政治家們捨棄軍事力量，改採利用間諜來壓制他國的政策。

「燈火」是迪恩共和國的間諜團隊。由從前在培育學校是吊車尾學生的八名少女，以及本國最強的間諜「燎火」克勞斯所組成。

他們得知和自己交好的團隊「鳳」毀滅之後，隨即趕赴芬德聯邦想要查明真相。

經過一番搜查，他們查出與「鳳」毀滅一事有關的，是芬德聯邦的諜報機關ＣＩＭ的防諜專門部隊「貝里亞斯」。「燈火」將他們全員活捉，探聽出事情的真相。

——加爾迦多帝國的諜報機關「蛇」潛伏在芬德聯邦內。

ＣＩＭ純粹是因為掌握到他們散布的假情報，才會襲擊「鳳」。於是，「蛇」成為「燈火」所有少女們共同的仇敵。

然而，正當她們準備採取下一步時，卻遇上意想不到的事態。

那就是「燈火」的核心人物之一，「冰刃」莫妮卡的背叛。

◇◇◇

莫妮卡反叛時不在現場的克勞斯，首先必須努力確認狀況。

在卡夏多人偶工坊前方，百合和席薇亞二人企圖衝進火災現場，卻遭到消防員大力制止。一旁，急救人員正在替愛爾娜的頭包紮繃帶，後方則有其他隊員們以十萬火急之勢將緹雅和安妮特送往醫院。

克勞斯很快便偷走一套消防員的制服，進入熊熊燃燒的火場進行確認。接著他又與急救人員接觸，了解受傷少女們的狀態。

——愛爾娜的側頭部受到割傷。

——緹雅的右手臂受傷。

——安妮特的肋骨和內臟受損，似乎有必要即刻動手術。

所幸，她們所有人的性命都沒有大礙。

後面兩人據說將在醫院接受手術治療。由於她們分別是以餐飲店員工、觀光客的身分在芬德聯邦臥底，應該會被當成普通人受到周延保護吧。

克勞斯讓剩餘的部下們移動到附近的公寓。那是「燈火」為了任務所租借的據點。

對滿臉焦躁的部下說「冷靜點」之後，克勞斯親自替所有人泡了紅茶。

他將茶杯擺在坐在沙發上的百合、席薇亞、愛爾娜面前，加入用來增添香氣的白蘭地。

等到三人都啜了一口茶，克勞斯才向她們聽取事情的經過。

——莫妮卡的背叛。

當然，這件事對克勞斯同樣也極具衝擊性，然而他並沒有慌亂。

是身為老大的責任感讓他的心平靜下來。

「先暫時將所有感情壓抑下來。就像輕輕關閉斷路器一樣。」

大致聽完之後，克勞斯開口。

「我們一樣、一樣地進行確認吧。首先，莫妮卡攻擊同伴一事是真的嗎？」

百合和席薇亞點頭。愛爾娜則因為聽說是直接遭受攻擊並一時昏了過去，回答「……沒有錯呢」的語氣顯得格外苦澀。

克勞斯繼續以平淡的語調發問。

「妳們所有人都有目擊葛蕾特倒在血泊中嗎？」

百合、席薇亞、愛爾娜頷首回應。

「當時，妳們沒有確認她的生死嗎？」

三人再次點頭。

「因為，首先她的出血量太大了。與其治療她，我認為既然還有其他有可能獲救的同伴在，就應該以救助其他人為優先。」百合以不帶感情的語氣這麼說。

這樣的判斷乍看冷酷，實際上卻十分合理。

百合強大的精神力，果然在緊急時刻值得信賴。

「只不過……」百合喃喃地說。「後來火勢蔓延，讓我們什麼也做不了。就連回收葛蕾特的遺體也——」

「沒有遺體喔。」

「咦？」

「我搜索過火場，並沒有發現到疑似葛蕾特的遺體。假使事情真如妳們見到的狀況那樣，她應該會被棄置在現場才對。」

克勞斯接著說。

「看樣子，恐怕是莫妮卡她們基於某種必要性將她擄走了。葛蕾特有可能還活著。」

雖然需要葛蕾特遺體的可能性未必全無，不過那樣實在太匪夷所思了。她們可能是想要葛蕾特的變裝技術或聰明才智之類的吧。

三名部下同時雙頰泛紅，開心地嘆息。席薇亞和愛爾娜噙著淚水，「真是太好了……」、

「呢……」地低喃。

她們大概很擔心吧。她們先前會拚命想要踏進火場，或許正是這個緣故。

「但是，現在狀況一樣難以推斷。」

為了再次繃緊神經，克勞斯這麼說完便開始整理情報。

至少，現在已經明白發生什麼事了。

——莫妮卡反叛，葛蕾特行蹤不明，安妮特重傷，緹雅輕傷。

「燈火」如今堪稱處於「半毀」狀態。

歸納出這個結論後，他又進一步思考。

「『蛇』的目的果然還是讓人想不通。」

克勞斯說道。

「既然『蛇』已經吸收了莫妮卡，實在沒必要這麼大動作地發動攻擊。一般來說，讓敵方間諜倒戈後並不會採取醒目的行動，而是會利用對方長期洩漏情報。」

她的襲擊太不上不下了。

假如只是要擄走葛蕾特一人，應該可以更隱密地達成目的才對。憑莫妮卡的本事，她就算將人綁走了，也有辦法若無其事地和同伴會合。

「關於這一點，我知道為什麼喔。」百合說。

「嗯？」

「因為要長時間欺瞞老師是不可能的事。這是我們所有人都知道的常識。」

聽了這句話，席薇亞和愛爾娜也深深地點頭。

「欺騙你的方法只有一個，那就是不直接對話。」「沒錯呢。只要稍微開口，就一定會被拆穿呢。長時間隱瞞是不可能的呢。」

原來如此，克勞斯恍然大悟。

對手如果是少女們這樣的程度，克勞斯的確幾乎能夠識破所有祕密。

說到這裡，前幾天在襲擊「貝里亞斯」前的作戰會議上，克勞斯確實也感覺到莫妮卡有些不對勁。

（……？沒錯，我早就察覺到莫妮卡的態度和平時不同了。）

他忽然感到奇怪。

（……但為何我沒有想要追究呢？）

儘管當時正專注在「鳳」的事情上，也不至於無法關心部下的異樣。

比起後悔——更加強烈的是無法理解的感受。

雖然覺得不舒服，他還是決定先將此事暫時擱在一邊。

「原來如此，妳們沒辦法長期欺騙我。若是這樣的話，或許可以將莫妮卡的背叛視為是在短時間內發生的事情。」

「啊，確實如此。」百合拍手附和。

「『蛇』是在我們來到芬德聯邦之後才和莫妮卡接觸。我認為應該做此判斷。」

根據少女們的目擊情報，在莫妮卡身邊的應該是名叫「翠蝶」的少女。有可能是在這個國家等候的她，拉攏莫妮卡背叛同伴。

「——一切都是從這個國家開始。」

克勞斯做出這樣的結論。

自從造訪芬德聯邦以來，他便一直覺得可疑。

（此事恐怕和達林皇太子的暗殺事件也有關……「鳳」毀滅的事情也是一樣……不過，「蛇」不可能漫無目的地行動，他們應該有明確的意圖才對。）

擁有芬德聯邦的王位繼承權的男人，在昨晚遭人暗殺。

今天早上消息恐怕就會傳遍全國，並且很快就引起動亂吧。

（「蛇」企圖在這個國家做什麼……？）

就克勞斯所知，「蛇」目前為止採取的行動有兩個。

——「蒼蠅」。克勞斯從前的師父，基德的倒戈導致「火焰」毀滅。

——「紫蟻」。在米塔里歐展開無止盡的殺戮，對全世界的諜報機關造成重大打擊。

克勞斯等人雖然打倒了他們，卻也只是在他們達成目的後才進行處置。知名間諜接連遇害，「蛇」方便在全世界暗中活躍的環境已然就緒。在這樣的情況下，他們採取的下一步就是暗殺達林皇太子嗎？

眼前還需要更多情報。但幸好已經取得獲得情報的方法了。

「亞梅莉。」

克勞斯對一直在房內的女性開口。

「告訴我芬德聯邦的內情。這是命令。」

公寓的一室裡，只有一個非「燈火」成員的人。

——「操偶師」亞梅莉。

這名女性的眼周帶著濃濃黑眼圈，身穿散發魔女氣息的哥德蘿莉服，不自在地站在沙發旁。

「妳要是吞吞吐吐的，我就將妳的部下一個一個殺掉。」

克勞斯態度平靜地威脅她。

「燈火」已成功捕獲她的二十五名部下。除了在別處抓到的副官外，現在所有人都被監禁在郊外工地的管理小屋內。只要克勞斯透過無線電下達指示，部下立刻就能開槍射殺人質。

亞梅莉無力地搖頭。

「就算你要我說，我也不知道該說什麼好。對我而言，那個人——她是叫做莫妮卡小姐嗎？

她的反叛也讓我完全無法理解。」
「妳只要把CIM手中握有的情報大致說出來就好，其餘的我們自己會做判斷。」
「……無論你怎麼威脅我，我也不能透露國家機密。」
「說出能夠透露的部分就可以。」
克勞斯冷淡地說完，亞梅莉也在沙發上坐下。
由於席薇亞用一副欲言又止的眼神望向他，克勞斯只好也替亞梅莉倒了一杯紅茶。儘管他認為沒必要對敵對間諜如此款待。
亞梅莉對紅茶看也不看一眼。
「從妳認為理所當然的內容開始說起就好。」克勞斯說。「雖然不能說是大部分，不過她們確實有缺乏常識的地方。」
她們在培育學校是吊車尾的學生，尤其席薇亞的學科成績非常差。
「……？」亞梅莉瞬間詫納悶地眨眨眼睛。
但是，見到其他少女們用認真的眼神望著自己，她於是打起精神微微點頭，「我明白了」地簡短回應。
有如站在講台上的教授一般，亞梅莉將音調提高一階。
「好吧，客人們。我就從這個世界的起源到我國的內情，一一說明吧。」

◇◇◇

身體發顫。少女重新將頭上的報童帽深深壓低。

正當亞梅莉在說明芬德聯邦的內情的這個時候，「草原」莎拉則是遠離同伴，設法暖和逐漸失去溫度的指尖。

「嗚嗚，開始冷起來了……」

清晨的寒意增強了。

在位於休羅郊外的小山裡，有一座遭到棄置的工地。聽說這裡原本計劃要蓋度假飯店，所以在山裡開闢了一大片土地。工地一隅擺了幾台重機械，正在等待重新施工之日到來。

這裡是「燈火」使出奇招，將「貝里亞斯」全員捕獲的現場。在克勞斯的指揮下，席薇亞和葛蕾特努力奮戰，成功達成了任務。

工地內，矗立著一棟兩層樓高的管理小屋。

特徵是擁有小動物般的雙眼、頭戴報童帽的褐髮少女——「草原」莎拉負責在管理小屋看守被逮捕的人們。

她心想還是去找件衣服穿上吧，走在走廊上一邊嘆了口氣。

「瞧妳抖成那樣，沒事是也？」

忽然間，有人向她搭話。

將胭脂色頭髮綁在腦後的少女——「浮雲」蘭。

她是「鳳」的唯一生還者，正在治療遍及全身的傷勢。之前為了休養一度返回公寓，不過睡了一覺後又回到這裡。

「啊，沒什麼，小妹只是不太習慣……」

莎拉一臉困擾地扭曲眉毛。

「所以心裡有點難受。因為小妹沒有長時間監禁他人的經驗……」

這是「燈火」第一次採取如此強硬的手段。

監禁房內，超過二十名的人質雙手雙腳遭到綑綁，倒在地上。儘管少女們有替被克勞斯等人打傷的他們進行急救處理，但那很難稱得上是完美的治療行為。雖是受過訓練的間諜，他們仍不時發出痛苦的呻吟聲。

這樣的情況，讓心地善良的莎拉感到於心不忍。

「我們究竟要監禁『貝里亞斯』的人們到什麼時候呢……？」

「當然是永遠是也。」

蘭立即回答。

「持續監禁他們直到沒有必要為止，是吾等的使命。如果有問題，屆時只要奪走他們所有人的性命，然後用那邊的重機械埋起來就好。這麼一來就不會有人知道了。」

「唔……說、說得也是喔。」

「敝人並沒有原諒『貝里亞斯』。因為他們儘管受騙，但殺死同伴一事仍是事實。」

她以銳利的目光望向監禁房。

「本來——敝人希望最少可以幹掉五人。」

這時，莎拉注意到蘭的手裡有槍。那雖然是在發生狀況時用來緊急應對的裝備，卻還是教人好害怕。

「貝里亞斯」與「鳳」的毀滅有關。看在蘭的眼裡，他們無疑是仇人。

渾身開始散發冷酷氛圍的蘭讓莎拉好焦慮，但豈料她的表情突然就變得柔和起來。

「——敝人一直很想說說看這種不像自己的話。」

「咦？」

蘭交抱雙臂，快活地哈哈大笑。

「其實敝人也很不喜歡這種粗暴的行為是也。若是平時的敝人，早就鬆懈下來，和人質一起玩撲克牌了。」

「妳平常會做那種事？」

「溫德大哥經常為此發脾氣是也。」

「這、這是當然的啊……」

「可是，今後再也不會有同伴責備敝人了。」

蘭落寞地嘆息，一副覺得刺眼地望著窗戶。在她的視線前方，可以望見遠處旭日逐漸升起的休羅。

想起發生在那座城市裡的事情，莎拉不禁倒吸一口氣。

蘭觸碰她的背部。

「妳之所以發抖，是因為莫妮卡大人的事情是也？」

「是的……」莎拉點頭。「一定是哪裡弄錯了啦，莫妮卡前輩她——」

莎拉沒有繼續說下去。

她已經透過無線電得知莫妮卡引起的事件了。事件的內容讓她不敢相信，然而百合和席薇亞的語氣告訴她一切都是真的。

荒唐的現實甚至令她感到暈眩。

「莎拉大人，妳和莫妮卡大人是師徒關係是也？」

「是的……」

「現在就先在這裡等待吧是也。吾等要相信克勞斯大人。」

聽了蘭這番安慰的話，莎拉只能點點頭。
繼續為接連發生的悲痛事件顫抖不已。

◇◇◇

亞梅莉以清晰的說話聲開始娓娓道來。
「這個世界究竟是從哪裡開始扭曲呢？」
說明從像是問句的一句話中展開。
「工業革命、重工業帝國主義——我們『西央』諸國在擁有過於龐大的力量後，便開始競相支配托爾法大陸的殖民地，不久更進一步侵略極東諸國。當取得大半個世界之後，西央諸國終於開始彼此交戰。」
席薇亞接著說道：
「——世界大戰。」
「完全正確，小姑娘。」
亞梅莉點頭。
「那是一場由以我們芬德聯邦、萊拉特王國為首的聯合國，還有以加爾迦多帝國為首的軸心國所發起的，人類史上最大戰爭。」

戰爭始於十四年前。

一開始，戰爭的規模還只有在各地爆發小衝突的程度，但是後來戰線逐漸擴大，戰況也益發激烈。發達的科學技術接連製造出最新武器。戰爭爆發的第二年，加爾迦多帝國為了侵略萊拉特王國，順勢占領了途中必經的迪恩共和國。

戰爭是在十年前結束。雖然現在算算也已經快要十一年了。

克勞斯也經歷過戰爭。雖然不記得細節，不過少年時代茫然呆站在遭砲彈轟炸的街道上的記憶，至今依舊存留在腦海中。

「戰爭最後雖然是以聯合國的勝利告終，但是我們也蒙受了龐大的損害。坦克、飛機、潛水艇、毒氣、眾多殺傷力強大的武器，還有進步到足以將總體戰化為可能的運輸技術——凡是經歷過的人，應該任誰都會用地獄二字來形容吧。」

席薇亞、百合、愛爾娜同樣一言不發。

她們大概是各自回想起年幼時體驗過的回憶了吧。「燈火」的成員多半都直接遭受過戰爭的傷害，或是曾經被戰後的混亂時代無情擺弄。

「……為結束戰爭做出貢獻的是『火焰』嗎？」百合詢問。

「正是。」

亞梅莉面露微笑。

「以『紅爐』為首的世界最頂尖間諜集團『火焰』，持續將加爾迦多帝國的軍事機密送往聯合國這一方。若是沒有他們的活躍表現，戰爭恐怕還要再打三年才會結束。」

「他、他們果然好厲害……」

「是啊，『紅爐』在我們業界被譽為是『世界最厲害的間諜』。」

亞梅莉瞥向克勞斯。

「……順帶一提，這個男人的『世界最強間諜』的頭銜只是自稱。」

「我只是陳述事實。」

克勞斯不知為何被挖苦了。他本想反駁這是師父「炬光」基德賜給自己的稱號，但是由於基德恐怕從那時開始就已經想著要背叛「火焰」，基於情況複雜，他最後還是決定不說。

閒聊到此為止，是時候回歸正題了。

「這方面和我的認知沒有出入。說說大戰後的芬德聯邦吧。」

「世界大戰結束後不久，世界開始產生三大變化。」

亞梅莉再次開始說明。

「首先是穆札亞合眾國的崛起。合眾國藉著在大戰時期供應物資大舉發展，讓國力成長到甚至超越損失慘重的西央諸國。如今他們已超越芬德聯邦，成為世界第一大國。」

少女們也造訪過合眾國，所以應該還記得。

記得以威斯波特大樓為首的高樓大廈，在首都米塔里歐林立的景象。像是舉辦長期經濟會議等等，合眾國如今已堪稱是世界的中心。

「另一個是各國的協調方針。為避免再次掀起戰爭，各國改以和平為目標，紛紛簽定國際之間的和平條約。」

這一點也沒有錯。基本上，現在世界各國都改走縮減軍備的路線。儘管只有輕微縮減的程度，但軍事費用確實正逐年慢慢減少。

「接著最後是——」

亞梅莉靜靜地開口。

「——世界變得看不見了。」

如此抽象的一句話，令少女們同時不解地歪頭。

克勞斯雖然有察覺話中含意，仍等待亞梅莉開口解說。

「比起軍事力量，各國變得更加重視強化諜報機關。過去雖然也有在發展這一塊，但是各國開始投入比以往多出幾十倍的經費，致力於間諜活動。如今這個世界上，哪裡和哪裡產生衝突、發生了什麼事，這些都變得比以往更加不透明。」

換句話說，就是間諜時代來臨。

迪恩共和國則是集結陸軍情報部和海軍情報部的菁英，再加上「火焰」的成員，成立了對外情報室。有了世界大戰的經驗，認為情報才能掌控新時代的價值觀已然形成。

如今各國互相派遣間諜，展開了一場影子戰爭。

在檯面下，不透明、複雜離奇、靜靜地進行——戰爭變得看不見了。

世上沒有任何人能夠在這場諜報戰中，確定現在是哪個國家處於優勢地位。倘若有間諜認為自己的國家堅若磐石，那麼遭人暗算吃敗戰也是遲早的事情。

「不過當然了，我們諜報機關就是為了掌握局勢而存在。」亞梅莉這麼補上一句後，又接著說下去。

「我來做個結論吧——現在芬德聯邦相當混亂。」

少女們再次露出凝重神情。

終於進入話題的核心了。

「許多間諜潛入我國，讓情勢變得非常複雜……雖然不想承認，不過就連我們ＣＩＭ的最高機關『海德』裡或許也潛藏著叛徒……」

對於亞梅莉以苦澀神情吐出的這番話，克勞斯也「我想也是」地表示同意。

看來幾乎沒有錯了。
在達林皇太子的性命遭人盯上的局面下，ＣＩＭ認定完全不相關的「鳳」是嫌犯，並派出「貝里亞斯」襲擊他們。之後還將勞力花費在搜索「浮雲」蘭這種無意義的行動上，結果讓達林皇太子慘遭殺害。
ＣＩＭ已經腐敗了。
百合一臉遺憾地問道：
「為什麼會發生那種事？」
「我想十之八九是『親帝國派』的人搞的鬼。現在芬德聯邦裡，認為應該和加爾迦多帝國合作的思想獲得了一定的支持度。」
少女們似乎無法接受這個事實。
席薇亞「嗄？」地大聲嚷嚷。
「等一下，為什麼會這樣？你們不是和帝國在大戰時打過仗——」
「沒錯，帝國原本是不可原諒的宿敵。但是因為穆札亞合眾國的力量太強了，導致那樣的價值觀也產生了變化。親帝國派認為，不能繼續放任合眾國強大下去。」
亞梅莉開口制止她。
「這個國家在兩種思想下產生了分裂。

——首先是一直以來認為【應該與穆札亞合眾國合作，提防加爾迦多帝國】的思想。那派人雖然有著保守右翼、穩健派等稱呼，不過大致都被簡稱為『反帝國派』。

——然後是認為【應該與加爾迦多帝國聯手，提防穆札亞合眾國】的新勢力。像是革新派、自由主義派……這派人同樣也被簡稱為『親帝國派』。

『反帝國』和『親帝國』這兩種思想，在議會和市民之間產生對立。只是我萬萬沒想到，CIM裡竟然也會發生同樣的事情……」

與曾經遭帝國侵略的迪恩共和國截然不同的價值觀。

芬德聯邦在大戰爆發之前，長年都是世界頂尖大國，因此有許多國民對跌落至世界第二的現狀感到不滿。

下一個敵人是加爾迦多帝國？還是穆札亞合眾國？

這個問題成為將芬德聯邦一分為二的巨大爭議。

「CIM過去一直以來都是站在反帝國的立場，我們並沒有忘記帝國所帶來的傷害。但是，如今恐怕有人從國力持續增強的穆札亞合眾國身上感受到了威脅吧。」

「這、這麼一來，不就給了加爾迦多帝國趁虛而入的機會嗎……」

百合說得沒錯。

無論諜報機關的防守能力再怎麼堅固嚴密，在那種狀態下依舊輕易就能被攻破。

「是啊，現在CIM內大概已經出現叛徒了吧。」亞梅莉一副不甘心地肯定她的話。
「……就我所知，CIM是個組織力很強的機關，」
克勞斯在「火焰」時代，曾經好幾度和CIM敵對或是合作。也被他們高超的本領要弄過好幾次。
「裡面應該也有許多優秀的團隊才對。『雷提亞斯』現在怎麼樣了？」
「他們在米塔里歐全滅了。」亞梅莉氣憤地咬住嘴唇。「後續接替的團隊也是一樣。」
超大範圍的間諜屠殺——是「紫蟻」的殺戮行動。
雖然這是早就明白的事情，不過看來芬德聯邦也因此受到相當大的打擊。
「請、請教妳一個問題呢。」
從剛才就一直用認真的表情沉默不語的愛爾娜開口。
「達林皇太子殿下是反帝國派嗎？」
「殿下因為是王室成員，所以不曾公開表明他的政治思想。他是一位希望能與所有國家和平共處的偉大人物。」
克勞斯瞪著亞梅莉。
她的說話聲中，隱約透露出一絲撒謊時會有的音調。欺騙是不被允許的。即使是機密情報，也必須讓她盡可能從實招來。

亞梅莉輕輕嘆息。

「……根據傳聞，殿下似乎相當討厭加爾迦多帝國。」

雖然她也不是很清楚詳情，不過達林皇太子以前好像和反帝國路線的陸軍幹部們關係緊密。

事情果然不出所料。達林皇太子是反帝國派的代表人物，卻在親帝國派的穿針引線下，輕易遭到帝國間諜暗殺。

——誰是盟友？誰是敵人？

在芬德聯邦這片土地上，要分辨這一點極其困難。加爾迦多帝國的間諜們似乎已經侵略到中樞了。

「坦白說，我現在腦袋也是一片混亂。在我親眼見到你們和『浮雲』蘭之前，我始終以為CIM和『海德』都是堅守反帝國的立場。虧我以前那麼信任他們……」

亞梅莉嘆也似的喃喃說道。

「——世界變得看不見了。前方只剩下一片漆黑。」

◇◇◇

聽完亞梅莉的說明之後，克勞斯讓少女們先行休息。

雖然她們好像很想立刻出發去搜索莫妮卡，但克勞斯阻止了她們。她們從昨晚開始便工作個不停，不能讓她們這麼勉強。

客廳裡，只剩下克勞斯和亞梅莉二人。

一變成兩人獨處，亞梅莉便一臉無趣地翹起腿來。

「你還不打算釋放我的部下嗎？」

「他們還有利用價值。我有必要視情況行使妳的權力。」

「……你要是釋放他們，ＣＩＭ說不定會全面協助你。」

「…………」

這個提議確實有吸引人之處。

「燈火」接下來首先必須追查莫妮卡的下落。屆時，對這片土地知之甚詳的當地諜報機關將會是最有力的後盾。本來憑「貝里亞斯」的實力，他們應該連鑽進巷子裡的一隻貓都有辦法找到，將「蛇」追到走投無路想必也是不無可能。

但是克勞斯無法輕易接受這個提議。

「——不行，我沒辦法信任現在的你們。」

ＣＩＭ的高層幾乎可以確定有親帝國派人士。倘若聯手，恐有洩漏情報之虞。

亞梅莉點點頭說「我知道了」，看來她似乎也能夠理解這一點。

「不過你要是長時間監禁我們，高層早晚會對我起疑。這麼一來，你們的暴行也會曝光。」

「妳來設法搪塞過去。如果失敗了，我就殺死妳的部下。」

「……即使如此，最多還是只能撐兩星期左右喔？」

「知道了。我會在那之前將所有事情解決掉。」

對談結束後，亞梅莉微微垂下肩膀。她的表情帶著濃濃的疲倦感，臉上的妝也開始脫落。

她終於拿起眼前的茶杯，慢慢喝下應該已經冷掉的、摻了白蘭地的紅茶。

「……我有點累了。」

「………」

「絕對正義——我們永遠都是正確無誤。」

亞梅莉像在自嘲地彎曲嘴角。

「沒想到我在那份信念下深深信賴的『海德』裡，可能有人暗中促成達林皇太子殿下的暗殺事件……這實在讓我有點受到打擊……」

不知是演技，還是真心話。

初次見面時，這個女人冷淡的表情就好比戴著鐵面具一般。然而高層的可疑行徑、「貝里亞斯」的敗北，這一連串的事情或許讓她的心亂了分寸吧。

她靜靜地放下茶杯。

「燎火。」

「什麼事？」

「你擁有非常優秀的部下呢。」

「……怎麼突然說這種話？妳是在挖苦被部下背叛的我嗎？」

「我是說真的。席薇亞、百合、愛爾娜三人即使面對這樣的事態依舊能夠立即展開行動，這無疑是相當大的優點。我都想知道她們平時是受什麼樣的訓練了。」

面對突如其來的稱讚，克勞斯「就是啊」地坦率回應。

少女們切換情緒的速度非常快。馬上就能往前看，開始檢討下一個選項。

「妳說得沒錯，亞梅莉。她們是我自豪的——好極了的部下。」

克勞斯篤定地回答。

「所以，我非得將一度離開的學生找回來不可。」

讓身體休息一會兒後就立刻上街吧。為了找到平時總是隱藏真心話，個性乖僻彆扭的優等生。

必須找到答案才行。

——「冰刃」莫妮卡為何要對「燈火」懷抱敵意？

即使是日常生活中發生的小事，有時也會令人深深地感到絕望。

身體中央的核心部分扭曲——就像是那種感覺。

比方說，早上醒來感受到灑落床上的溫暖陽光，為此泛起微笑時。出門購物的回家途中，因為聞到烤麵包的誘人香氣而去尋找新店家時。下大雨的日子，為了窗戶被風吹打的聲響而感到害怕，不住摩擦發冷的肩膀時。注意到車站前的銀杏變了顏色，黃色葉子忽地在眼前飄落時。

如此稀鬆平常的事情，不知為何卻令內心充滿痛楚。

分享會為所有人帶來幸福。

每個人都會在日常生活中分享心情。孩子會自豪地告訴父母自己在學校被誇獎的事情，女性會在咖啡店向同事抱怨上司。老人會在公園向他人炫耀兒子媳婦送給自己的毛衣，男性會在酒吧向酒保發洩對政治家的怒氣。

沒有什麼特殊的意義，然而互相分享心情卻會帶給當事人幸福。

因此少女感到害怕。

——害怕自己永遠都無法和誰分享心情，就這麼離開人世。

未來將自稱「莫妮卡」這個假名的六歲少女，每天都懷抱著這份絕望度日。

她的故事便是從這裡開始。

◇◇◇

出生在藝術家家庭的她，整個幼年時期都被音樂、舞蹈、戲曲、繪畫、雕刻等所填滿。父親是畫家，母親是小提琴家，他們來家中拜訪的朋友也都是藝術家。

父母的教育方針為「趁年輕時讓孩子多方嘗試，找尋適合自己的領域」，是富裕家庭特有的育兒方式。年紀相差許多的哥哥、姊姊也都理所當然似的挑戰了許多藝術項目。

為了逃離世界大戰的戰火，一家人在她懂事之前便移居穆札亞合眾國。

就連西央諸國因戰爭陷入混亂的期間，合眾國依舊是一片和平。甚至因為糧食和衣物的需求增加，景氣反而大為好轉。

西央的悲慘消息儘管令父母表情凝重，然而他們似乎並不打算回國。

即使戰爭結束了，他們一家人依然繼續留在穆札亞合眾國。

一邊吃著女傭所做的晚餐，父親一邊開心地分享「我正在挑戰現代主義」。「那是一幅夫婦在接吻的畫。作品預計會被掛在米塔里歐的餐廳裡」。

母親則是以沉穩的表情說「我過陣子要開音樂會」。「那是一場以古典戲曲為主題的演奏會。你們應該知道吧？就是描述男女禁忌戀情的——」

兄姊開口應和，並且紛紛發表自己正在挑戰的藝術項目。每當談論到對於美的追求，一家人總是討論熱烈。

當然，父母也讓少女走上了藝術之路。

「好了，妳要不要也像爸爸一樣試著作畫？」

「好了，妳要不要也像媽媽一樣彈奏看看？」

儘管不感興趣，少女還是乖乖聽話去挑戰了。

少女無論做什麼都進步得很快，因為她很擅長模仿。只要複製父親、母親，或是他們的朋友的技術就好。無論是鋼琴、雕刻、油畫、薩克斯風，還是水彩畫，她都能以一般孩子無法比擬的速度迅速上手。

可是，家人卻不認同她。

「妳的靜物畫畫得很好。妳的手指真的非常靈巧，動作也很細膩呢。」

父親起初這麼誇獎她，然而隨即就露出遺憾的表情。

「不過，風景畫和人物畫就感覺少了點什麼了。寫實主義也不是只要正確地描繪出來就好，整體印象會隨著擷取角度而改變。雖然藝術的確是從模仿開始的……」

不管是父親、母親，還是他們所僱用的老師，所有人最後都會對她說同一句話。

「好是好——可是感受不到靈魂。」

每次聽到這句話，少女的心便逐漸乾涸。

儘管如此，她還是問了。

「靈魂是怎麼產生的？」

「從戀愛中啊。」「是透過戀愛喔。」

父母連回答的話語都一模一樣。

「妳總有一天會明白，當遇見命中注定的對象時，整個世界都會變得繽紛起來。說起那種感覺有多美妙……」「男女之間就是那麼回事啦。我問妳，妳在學校沒有在意的男孩子嗎？」

「——煩死了。」

少女悄聲咒罵。

見到父母一臉不可思議，少女「沒什麼啦，父親、母親」這麼隨便敷衍過去，然後靜靜地轉身背對他們。

無法融入其他家人。

在故鄉被戰火摧殘的情況下依舊熱中藝術活動的父母，每一天都談論著美的餐桌，以及理所當然般追隨父母的兄姊。

而當他們提及戀愛時，少女心中不知為何有種怪異的感受。

她總是在家人團聚的場合噤聲，盡可能一人獨處。並時常躲在房間朝牆壁扔球，打發時間。

不知怪異感因何而生，時光就這麼匆匆流逝，少女迎來了十二歲的生日。

十二歲時，少女回到了故鄉迪恩共和國。

她就讀一般的學校，得知世界大戰的慘狀。加爾迦多帝國發動的殘暴侵略，見到他國陸軍旁若無人地闊步走在大街上的那種恐懼。

她慢慢地理解到，名為世界大戰的地獄帶給人們多麼深沉的痛苦。

但是，逃離那種經驗的少女在學校裡格格不入。「逃離國家危機的人」這樣的評語，在孩子的世界裡和大罪人無異。少女在運動、學業上的優秀表現，也成為她招人嫉妒的原因。

放學後，她總是把自己關在父親租下的工作室裡。

雖然對藝術感到厭煩，但是她無處可去。

工作室裡經常有父親的徒弟出入。由於父親以收取使用費的方式將場地租借給他們，因此出入這裡的人相當多。

就在少女年滿十三歲的幾個月後的春天，有天她見到一名不可思議的男性。

那人五官深邃，又有一頭漂亮的金髮，長得一副很受女性歡迎的模樣。實際上，他看起來似乎是個爽朗的好青年。無論跟誰說話，他總是帶著開朗的笑容和對方輕快地交談，但是他的眼眸深處，卻散發出一股彷彿能看穿一切的寒冷氣息。年紀大約二十歲中段吧。

（……之前有這個人？）

男人身上傳來香水味。是少女認識的花朵。

少女暗自將他命名為「薰衣草青年」。

正當她好奇地注視著青年時，對方主動向她搭話了。那人露出無憂無慮的笑容，瞬間便解除了少女的戒心。

工作室內沒有其他人。

回過神時，少女已經對他說出一部分心事，也就是和父母不合的事情。

「居然把男女之情當成一切，真是太愚蠢了。妳的父親簡直就是大錯特錯。」

他輕易就否定了父母的價值觀。

少女大吃一驚。

「你說這種話可以嗎？我父親不是你的師父嗎？」

「可是，妳不覺得他的想法很荒謬嗎？」

薰衣草青年露出天真爛漫的笑容。

「歷史早已證明男女之情不是一切。在稀世藝術家之中，也有許多人據說是同性戀者喔。」

「這個嘛，聽說好像是這樣。」

「從前甚至有文化認為，同性戀者才是真正優秀的人類。」

青年仔細地說明。

忽然間，少女產生了疑問。

「那現在呢？」

「嗯？」

「既然你說以前的人覺得優秀，那現在又是如何？」

聽了少女的問題，青年瞬間哀傷地沉下臉來。他緩緩地用手覆蓋住臉，之後當他移開手時，臉上又恢復快活的笑容。

「精神疾病。」青年說。「以及犯罪。同性戀者進行性交會被處以刑罰。」

「……為什麼要這麼嚴厲？」

「因為這個世界缺乏餘裕。」

他聳了聳肩。

「每天為了生存竭盡全力的人們，沒有餘力去替他人的幸福著想。光是自己的事情，就讓他們自顧不暇了。不只是這個國家，周邊各國至今也都還殘留著大戰所留下的觸目驚心的彈痕。非但如此，西央諸國現在也還是不斷地在壓榨殖民地。」

他一派輕鬆地說著，一邊開始在工作室內走來走去。工作室的一角，立著一張尺寸為100號的巨大油畫畫布。

那是他帶過來，正在認真添上顏料的畫。

覆蓋整張畫布的黑色，逐漸吞沒好幾個發出悲鳴的孩子。

「——**憂懼**。」

薰衣草青年說。

「只要憂愁恐懼還在世界上蔓延，就不會有人去關心少數族群。戰爭孤兒、罪犯的家人、身體殘缺者，性受害者、同性戀者、為貧窮所苦的孩子、遭受虐待的孩子、精神疾病患者，誰也不會去理會那些人。」

他直瞪著自己的油畫。

「誰也不會被拯救。」

呢喃聲中流露出一股哀傷。

他的話不知為何深深揪住少女的心。青年的聲音中，確實蘊藏著如此強大的震懾力。少女雖然莫名有種想哭的衝動，但她總感覺若是順應衝動，就表示自己認同他的話是事實，內心因此糾結不已。

薰衣草青年對呆站在原地的少女說。

「對了，這間工作室裡有一位名叫庫魯多的男性對吧？」

「咦？」

「我敢預言——他明天將會遭到逮捕。」

彷彿在聊天氣的話題一般，他淡淡地這麼說。

隔天，一如薰衣草青年所預言的，那名男子果真遭到警方逮捕。

——違反性犯罪法。

據說他是以與男性進行性交的罪名遭到逮捕。即使是經過雙方合意也同樣有罪。

庫魯多．寇拉斯。由於他是父親的弟子，經常出入工作室，因此這件事在地方上掀起很大的話題。少女還曾經在路邊，目睹女性們針對這起事件做出「好可怕喔」、「不曉得我丈夫有沒有被盯上」的發言。

他擺在工作室內的作品即刻遭到銷毀。少女對青年也相當熟悉，知道他一心一意專注在創作油畫，而且時常分點心給少女吃。

少女茫然地望著原本擺了他的畫作的空間，一旁的父親神情擔憂地問。

「妳沒事吧？他沒有對妳灌輸什麼奇怪的思想吧？」

「……沒有。」

「那就好，這下爸爸就放心了。妳一定要和異性談戀愛。妳有沒有在意的男孩子呢？」

少女持續沉默。

不久，父親像是察覺到什麼似的嘆口氣，注視著擺在莫妮卡前方的畫布。若是平時，他總會「妳的演奏和繪畫就只有技巧好而已」、「儘管精緻卻沒有魅力」像這樣用遺憾的語氣做出評論。

然而唯獨這一天，他比平常多補上了一句話。

「或許有別的工作能夠讓妳真正地發光發熱。」

「就是啊。」少女立即回答。「這裡似乎沒有在下的世界。」

薰衣草青年雖然沒有再到工作室來，不過他在離開之前，曾經對少女說了幾句話。

『庫魯多先生有在給予加爾迦多帝國的間諜支援，幫忙將子彈藏在藝術品裡，運送到各個地方去。對方抓住他身為同性戀者的弱點威脅他，逼他對自己言聽計從。但是，他最終還是被拋棄了，而且明天就會遭到逮捕。』

聽到青年突然說了一堆和自己完全無關的話，少女不禁感到困惑。

薰衣草青年說了句『在警方粗魯地展開調查之前，我得趁現在搜索庫魯多先生的所有物才行』，便走向庫魯多的畫布。

他小心翼翼地不傷害畫作，將畫布分解開來。

木製畫框中出現一個圓筒，圓筒裡有一張羊皮紙。

儘管察覺到他似乎是某種組織——黑社會或諜報機關的人，但是少女對那樣的世界完全無法理解。

『吶，妳要不要也來我們這邊？』

他突然對少女這麼問。

接著，他將一張像是名片的卡片，遞給滿臉詫異的少女。

『我敢預言——妳將會在這個世界遇見命定的邂逅。』

他斬釘截鐵地如此斷言。

『迪恩共和國的諜報機關——對外情報室。妳要是有興趣，就去位於這個地址的培育學校吧。現在，我們正在招募像妳這樣有潛在才能的人。』

一頭霧水。

然而一顆心卻興奮不已。這張卡片是入場券。是讓自己離開工作室和家人，去到不同地方的車票。

她並非全然信任薰衣草青年。

可是，少女依然毫不猶豫地接過卡片。

青年開心地露出微笑。

『——好極了呢。』

未來有一天，少女將會從別人口中聽見這句台詞，然而那時的她早已記不清薰衣草青年話中的細節。

◇◇◇

拋棄本名和戶籍，少女像是離家出走般前往培育學校。

得到「莫妮卡」這個名字的少女，沒多久便在校內嶄露頭角。她自幼便非常擅長觀察和模仿。這項才能儘管未能以藝術家身分獲得發揮，但是利用大腦將眼睛所捕捉到的事物進行計算後完美重現的技術，在間諜的世界裡卻是非常有用。

不僅在射擊訓練中拔得頭籌，在學科方面也是輕易就追過其他學生，入學才不到兩個月，她便在培育學校拿下第一名的成績。對於其他人嫉妒的目光，她完全憑實力去駁倒對方。

學校裡也沒有人會高談無聊的戀愛論。

在這個舒適的環境裡，少女每天都過著充實的生活。她專注訓練，持續磨練自己的才能，深信成為間諜才是自己的生存之道。

她滿心雀躍，直到品嘗到體無完膚的挫折為止。

「嗯、嗯？所謂成績優秀者就只有這樣嗎？太令我驚訝了，分明就弱到不行嘛！」

她的驕傲被摧毀的日子——各所培育學校的成績優異者雲集的特別聯合演習。

正確來說其實是「火焰」的選拔試驗，但是參加者們並未被告知這個事實。莫妮卡唯一能夠理解的，就只有自己並非天才的這個現實。

單單一名女性，就將包括莫妮卡在內的二十名成績優異者全數擊敗。連那人對自己做了什麼都搞不清楚，除了莫妮卡外所有人都倒臥在地。

遭到擁有像是漂白過的純白頭髮和肌膚的女性蹂躪。

——「煽惑」海蒂。

當時，莫妮卡連她的名字也不知道，是後來克勞斯告訴她的。

面對世界最頂尖的間諜，莫妮卡的自尊被徹底撕裂。只能站在原地動彈不得的自己令她深受打擊。

「啊，那個藍銀髮的，妳可以回去了喔。我聽說了，妳是入學才兩個月就參加這次訓練、將來大有前途的菜鳥。妳可以為此感到自豪，不過，現在的妳實力還差得遠了。」

海蒂最後直接對莫妮卡做出嚴厲的評論。

「記住了。無法讓心中燃起火焰的人——在這個世界就只是垃圾。」

世上有著無論怎麼努力都到達不了的境界。

她感覺自己被迫認清這樣的現實。

（在心中燃起火焰是什麼意思啊……為什麼每個人總愛自顧自地說些莫名其妙的話。）

那句話，與從前父母對她說過的話重疊。就是「妳的藝術缺乏靈魂」這句評語。

（……看來現實並沒有那麼美好。）

隔天起，莫妮卡變得開始會在訓練時摸魚，完全失去熱情。既然和藝術一樣，在下身上有著巨大的缺陷，那何必要認真面對呢？

她不時偷懶，抱著隨便應付的心態度日。

考試也完全不拿出真本事。

當然，培育學校的教官為此斥責過她好幾次，卻還是沒能將她退學。因為她還是有保持最低限度的成績，而且她也只是沒有幹勁，才能方面則是無可挑剔。

不久，莫妮卡被賦予了某個代號。

——「冰刃」。

那個名字的意思，本來是指如冰一般熠熠發光的刀刃。

可是，其中卻也隱含著揶揄。

——凍結成冰，派不上用場的刀。

就連莫妮卡也覺得，這個代號很適合被批評「心中沒有火焰」的自己。

她之所以沒有離開培育學校，是因為她沒有別的地方可去。又或許是捨不得吧。總之，覺得只要在這裡悠哉地度過四五年就好的她，就這麼好整以暇地繼續留在學校。

變化出現在她年滿十六歲的時候。

某天，她突然被叫去校長室。心想大概又要挨罵了吧，她不耐煩地前往那裡後，收到了一個信封。

男校長一臉疑惑地開口：

「我是不知道怎麼回事，不過一個名叫『燈火』的新諜報機關指名要妳。」

那是克勞斯發出的邀請函。

◇◇◇

專門執行不可能任務的新諜報機關「燈火」。

能夠被招募至那樣的團隊，她當然不可能完全不感到興奮。那裡肯定聚集了身經百戰的間諜們。或許是其中的誰看出了我的才能吧，她如此期待著。

然而在那裡等待她的，卻是一群吊車尾的少女們。

「我們趁老師外出不在，在整個房間設下圈套吧！」

「好！這次一定要讓他見識什麼叫做地獄！」

百合和席薇亞想出粗糙無比的作戰計畫，付諸執行。

「「呀啊啊啊啊！一進到房間就被鐵絲纏住了啊啊啊！」」

結果不到十秒鐘就失敗了。

那樣的景象幾乎每天都在上演。

（這裡是動物園嗎？）

「燈火」成立後不久，莫妮卡在陽炎宮的大廳裡傻眼地心想。

無論是因為接連失敗導致精神崩潰的緹雅、老是製造奇怪發明品的安妮特，還是時常身陷不幸的愛爾娜，她都感到厭煩極了。

儘管她對於訓練本身總是認真看待，然而她的心卻和在培育學校時一樣冰冷。

（算了，要是苗頭不對，到時只要逃走就好。）

她也已經做好這樣的打算。

（反正克勞斯先生應該會全部包辦吧。應該說，我們也不可能支援克勞斯先生完成不了的任務。）

莫妮卡曾一度使出全力去挑戰克勞斯，結果卻是徹底慘敗。

她回想起之前特別聯合演習的事情，又再次變回隨便馬虎的態度。

逃走是很合理的選項。即使逃走了，只要不濫用間諜的技術，克勞斯應該會默許才對。他之所以直到任務前一刻都沒有透露機密情報，大概就是表示「妳們隨時可以逃跑」的意思吧。

瞥了一眼滿身瘡痍地回到大廳的百合和席薇亞之後，莫妮卡忽然看向在一旁摩擦手指的莎拉。

她是成員之中最膽小的人，幾乎每天都一副快哭出來的樣子。

「妳要不要乾脆逃走算了？」莫妮卡這麼對她說。

「咦……？」

「反正妳又不適合當間諜。與其讓生命暴露在危險之中，不如找個地方悠哉地生活。」

總是一臉害怕的她感覺好可憐。若是她本人有那個意願，莫妮卡打算教她如何逃離這裡。

莎拉按住帽子，將身體蜷縮起來。

「嗚嗚，小妹很清楚那一點……其、其實小妹也好幾度想過要逃跑。」

「既然這樣——」

「不、不過，小妹最近獲得了一點勇氣……」

莎拉從帽簷底下窺也似的看著莫妮卡。

莫妮卡不解地「嗄？」了一聲。

「是百合前輩啦。」

她的臉上微微泛起笑意。

「一想到連她那麼冒失的人都這麼努力了，小妹也頓時變得正面起來……百合前輩明明也不適合當間諜，但她還是一個勁地往前衝不是嗎？」

完全無法對她的話產生共鳴，莫妮卡疑惑地歪著頭。

看在她眼裡，百合就只是一個莽撞的冒失鬼。

在她的視線前方，百合正不屈不撓地在擬定下一個作戰計畫。愛爾娜、緹雅、葛蕾特也開始聚集圍繞在她身旁。

莎拉鬆開帽子，微笑著說：

「所以每當看著百合前輩，小妹便能夠從她身上獲得勇氣……」

「是喔。」

莫妮卡隨口應和。

之後，莎拉又連忙補上一句「不、不過小妹當然要比她差勁多了……！」，不過莫妮卡並未理會她。

「沒用的啦。」

「咦？」

「她就只是個超級樂天的傢伙而已。照這樣下去，恐怕只會死路一條。」

話一說出口，就連她也為自己的冷淡感到驚訝。

然而，那無疑是她的真心話。共同生活一段時間後，她已大致掌握住成員的實力。依現狀來看，莫妮卡以外的七名少女就算團結起來，也敵不過莫妮卡一人。

她們的才能遠遠不及莫妮卡。

「妳應該也隱約察覺到了吧？咱們無論再怎麼努力，都無法成為克勞斯先生，頂多就只能成為還算優秀的間諜。咱們最後就只會被利用完扔掉而已。」

事情不是看著百合就能獲得勇氣那麼單純。

莫妮卡的心依舊冰凍。

「真的就只有這樣。」

莎拉訝異地注視著莫妮卡，啞然無言。

◇◇◇

莫妮卡早有心理準備，可能會有人在不可能任務中喪生。

她之所以到頭來還是沒有逃走，純粹只是因為覺得良心不安罷了。連學藝不精的莎拉都敢挑戰了，自己要是逃走就太沒面子了。若是因為自己不在，結果害共同生活了一個月的人沒命，那樣實在教人過意不去。

沒有強烈的動機。

要是沒有在下，「燈火」就慘了——在這種狀況下，莫妮卡就算想逃也沒法逃。

什麼奪回生化武器「地獄人偶」的，她一點也不在乎。

身邊的人死去會讓自己不愉快。這便是莫妮卡行動的唯一動機。

◇◇◇

所有人活著回來——這其實是難度極高的目標。

在加爾迦多帝國的研究所和敵人對峙時，莫妮卡體認到了這一點。

——「炬光」又或者是「蒼蠅」的基德。

實力更勝克勞斯的格鬥達人。「火焰」最強的戰鬥專家。

在藥品公司的研究所等候的他，大肆蹂躪了少女們。

他完全沒有拿出真本事，就只是一派從容地輕輕揮刀。光是如此，子彈就被彈開，同伴也因為遭刀背毆打而一一昏倒。

——甚至超越「煽惑」海蒂和「燎火」克勞斯的驚人實力。

莫妮卡即使和席薇亞聯手對抗，依舊不是他的對手。

那不是光憑技術或策略這些小手段就能行得通的等級。雙方從作為生物的基礎條件開始就相差懸殊。無論怎麼掙扎，都想不出任何打倒他的可能性。

完蛋了，莫妮卡心想。

雖然少女們準備了「第八名少女」這樣的奇招，她還是不認為會成功。除非有辦法吸引他的注意，否則這招就無法實踐。

因此，倒臥在地的莫妮卡大感錯愕。

「差不多是時候認真拿出真本事了。在共和國沉睡的奇才，百合即將覺醒。」

面對強大無比的敵人也毫不退縮的少女。

她沒有才能，也沒有實力。若是直接和莫妮卡交戰，不管戰鬥個幾十次都不會是她的對手。

少女唯一擁有的，就只有特異體質和膽大包天的精神而已。

「代號『花園』——狂亂綻放的時間到了。」

可是，那一幕卻鮮明地烙印在莫妮卡心上。

「花園」百合所展現出來的，燦爛華麗的生命光輝——

◇◇◇

任務結束後，少女們比克勞斯先一步回國。

她們鑽進事先安排好的卡車車斗，混在貨物堆中返回祖國。由於可能會有追兵前來，因此一路上誰也沒有開口說話。來到國境附近時，所有人都屏住氣息。

直到穿越國境後，她們才終於有任務成功的實感。

八人全員生還。奪回生化武器「地獄人偶」的目的達成。

堪稱完美的成果。

少女們在狹窄的車斗上高聲歡呼。她們露出笑容，互相擊掌、輕撞肩膀，最後擺出大大的勝利姿勢。

「我是來自迪恩共和國的天下無雙美少女間諜百合！耶～！」

最吵鬧的人果然還是百合。她和席薇亞碰拳，和葛蕾特擊掌，揉捏愛爾娜的臉頰，搖晃莎拉的帽子，然後朝著莫妮卡走來。

「莫妮卡也辛苦了！居然敢和席薇亞一起好幾度與基德先生交手，妳果然好厲害！」

就算被稱讚，莫妮卡也一點都不覺得開心。

恩蒂研究所一役功勞最大的人，無疑是百合。再來就是愛爾娜。

「妳表現得才好哩。」

「嗯？」

「在那種傢伙面前虛張聲勢，妳難道不怕嗎？從敵人的角度來看，要將咱們所有人殺死一點都不是難事。」

實際上，要不是百合挺身而出，基德大概會將少女們依序殺光吧。

百合愣了一會兒，隨即咧嘴一笑。

「要說完全不怕是騙人的，不過當時我的心情確實意外地平靜喔。」

「……為什麼？」

「因為克勞斯老師認同我們啊。因為他說過『妳們身上蘊藏著無限可能』，所以我才覺得好像可以稍微信任一下自己。」

百合泰然自若地笑道。

莫妮卡微微咬了咬嘴唇。

「儘管身為培育學校的吊車尾學生也一樣？」

「那當然。因為我百合可是為了成為活躍間諜而生的人物呢。」

完全無法理解。她的實力明明大不如自己，為何有辦法大言不慚地說出這種話？

正當莫妮卡如此心想時，百合突然一把抱住了她。

「沒錯！所以說，莫妮卡也是『好極了的天才』喔！」
「…………！」
大概是剛達成任務很興奮的關係吧，她的肢體動作顯得特別多。
輕飄飄散開的髮絲拂過莫妮卡的鼻尖。柔軟的身體和體溫透過衣服傳遞過來。
「…………放開。」莫妮卡用力推開百合的身體。
「嗯？」
「礙事。在下要去睡一會兒，可能感冒了。」
一面聽著百合滿臉錯愕地說「真、真不愧是莫妮卡，果然好冷酷喔」，莫妮卡移動到車斗的角落，在貨物的縫隙間坐下。
她用間諜服上的兜帽蓋住自己，伸手按住嘴巴。
——身體產生了異狀。
嘴巴好渴。心跳加速。體溫上升。身體發熱，汗水直流。一閉上眼睛，百合剛才說的話便再次在耳邊響起。即使摀住耳朵，聲音依舊響個不停。她咬住嘴唇故意弄痛自己，感覺卻還是沒有消失。手指不住顫抖。
（這是怎麼搞的……？）
莫妮卡滿心困惑。

（…………感覺好噁心。）

她的身上起了變化，讓她整個人亂成一團卻無從抵抗。

從前父母說過的話有如詛咒般再次響起。那些應該已經丟棄掉的討厭思想，逐漸將她吞噬殆盡。

她本能地領悟到一點。

——這份感情遲早會毀了在下。

必須將這份感情藏起來不可，她這麼心想。

必須徹底隱藏，不讓任何人知道。即使無法和世上任何一個人分享，也必須忍耐下去。

在下將永遠無法和誰分享心情，就這麼離開人世。

少女靜靜地開始接受這份近似絕望的覺悟。

克雷特皇后車站裡擠滿了群眾。

這棟建於半世紀前的磚造建築內人聲鼎沸。抱著行李袋的人在售票處大排長龍，被告知已經客滿的人們破口大罵。可能是長時間的等候造成了壓力吧，孩子的啼哭聲不絕於耳。月台上擠滿了人，然而下一班火車卻遲遲沒有出現在自車站延伸的無數條鐵軌上。

車站前，社運人士高聲疾呼，正在大力譴責警方和政治家。內容是在痛罵政府無能，沒能保護達林皇太子。聽了那些發言，許多人鼓掌表示贊同。這場演說好像沒有取得許可，途中警方趕到，和市民爆發了衝突。

地面上散落著無數傳單。

克勞斯撿起其中好幾張端詳。

『需要新的維安手段來取代警方！』『管制外國人入境！』『獎勵通報間諜！』『暗殺王族是左翼的陰謀！』

儘管主張各異，卻同樣讓人感受到憤怒的傳單被到處發送，還有的被貼在車站的牆壁和電線杆上。

——這是達林皇太子遭暗殺一事曝光十天後的景象。

亞梅莉在克勞斯身旁靜靜地嘆息。

「我完全想像不到，這個國家竟會變得如此混亂。」

「就是啊。」

皇太子遭暗殺的消息傳遍了全世界。

國民原本懷著悲傷的心情接受了這個事實，但隨著時間過去，他們開始對至今尚未落網的刺客和逮不到人的政府發出怒吼。

達林皇太子和萊波特女王一樣受到全體國民愛戴。不滿的聲音一傳出，混亂便轉眼擴散開來。

人們上街遊行對警方和政府表示抗議，導致治安一度陷入大亂。據說ＣＩＭ接到大量通報，內容全是懷疑居住在國內的外國人是間諜。部分市民為了逃離火藥味濃厚的休羅，紛紛湧向車站。

大概是和父母走散了吧，一名女孩獨自哭泣著。她抱著粉紅色的熊布偶，在人潮推擠下哭著說「媽媽妳在哪裡？」。那孩子大約才只有八歲，好幾次都差點被大人手上的行李撞到。

「……沒有人要去關心哭泣的孩子啊。」

實在不忍見到女孩可憐的模樣，兩人於是將她帶到車站前的派出所。

把女孩交給警官後，亞梅莉一臉侷促地找了藉口。

「這也是沒辦法的事。達林殿下如此偉大，大眾會義憤填膺、失去冷靜判斷也是難免的。」

接著她一邊說「現在還出現了這種報導」，一邊將似乎是在車站購入的報紙遞給克勞斯。

那是國內第四大報社所發行的早報。

上面以強烈的用詞刊載了標題。

「——『暗殺達林皇太子的人是迪恩共和國的情報員嗎？』。真教人傻眼，這種報導搞不好會成為戰爭的火種耶？」

雖然事前就聽說過消息了，不過實際見到後還是覺得不可置信。

現在各大媒體頻頻都在報導「刺客究竟是誰？」。儘管這樣的報導正是隨便將混亂擴大的元凶，卻也證明了國民對此事的高度關切。

亞梅莉左右搖頭。

「這種報導應該馬上就會受到管制吧。畢竟我們也不希望和迪恩共和國發起戰爭。」

「不可以重蹈之前大戰的覆轍」這項教訓，是全世界共通的規則。

亞梅莉以一句「重點是——」作為開場白後，壓低音量說道。

「『刺客是迪恩共和國的間諜』——知道這件事的只有ＣＩＭ的情報員。」

「……雖然這是錯誤的情報。」

「無論如何，這都代表ＣＩＭ的內部情報外流了。」

克勞斯點頭。

沒有事實根據的情報被搶先洩漏。這應該不是普通的誤報。

「——此事與親帝國派，與協助加爾迦多帝國間諜的人有關。」

「是啊，混亂擴大得太快了。或許有人在暗中操弄也說不定。」

克勞斯贊成亞梅莉的分析。

再次確認這些事實後，兩人搭上計程車，返回作為據點的公寓。

這幾天來，兩人一直都是結伴行動。對克勞斯來說，熟悉這塊土地，又能行使ＣＩＭ的權力的亞梅莉很有利用價值。

兩人的目的一致，那就是掌握侵略芬德聯邦的「蛇」的情報。

因此他們暫時聯手合作。

——能夠憑感覺找出答案的迪恩共和國最強間諜，「燎火」克勞斯。

——君臨芬德聯邦、如銅牆鐵壁般的防諜部隊的首領，「操偶師」亞梅莉。

照理說只要這兩人合作，大致所有事件都能獲得解決。然而——

一回到公寓，他們隨即發現收音機上的燈光正在閃爍。

正確來說，那是偽裝成收音機的無線電機，是ＣＩＭ製造的特殊間諜道具。只要扭轉上面的旋鈕再輸入密碼，就能播放錄音。

裡面一共錄了五則訊息。

首先傳出的是百合的聲音。

『老師，聽說今天早上柯恩大道上的葬儀社發生縱火事件。老闆據說來自迪恩共和國，事發原因疑似是歧視——』

第二則是席薇亞的聲音。

『老大，「多明家族」好像正準備跟其他幫派合作。他們表面上雖然說是要代替國家維持治安，但是附近的市民都非常害怕。』

接著兩人將所有留言都確認一遍，結果發現內容大同小異，全都是發生在休羅市內的好幾起暴動和事件。

亞梅莉嘆了口氣。

「大騷動一旦像這樣接連發生……」

「是啊，就會掌握不了哪起事件和『蛇』有關。」

沒錯——搜查行動窒礙難行。即使有克勞斯和亞梅莉在，他們依然掌握不了莫妮卡的行蹤，也揪不住「蛇」的把柄。

平時絕對不會發生的可疑死亡事件和詭異事件接連發生。

光是要掌握瞬息萬變的狀況便費盡全力，導致搜查毫無進展。

休羅這座城市已然化為魔境。

◇◇◇

第一天，她們還樂觀地以為很快就能查出莫妮卡的下落。

成員們的鬥志高昂。百合、席薇亞和愛爾娜稍事休息後，便立刻準備好要上街搜查。

其中最幹勁十足的是——從醫院溜出來的緹雅。

「老師！」

她突然衝進房間，右手臂上纏了好幾層繃帶。

她好像是縫合手術一結束，就立刻趕回來了。

「拜託你，請任命我為搜查員！或是你要我揪住莫妮卡的弱點也——」

「緹雅，妳先冷靜下來。妳的傷不要緊嗎？」

「我怎麼可能冷靜得下來啊！」

她歇斯底里地嚷嚷，然後在沙發上坐下。她一邊搖頭晃亂了頭髮，汗水從額頭上流了下來。

「太離譜了……她為什麼要對安妮特做那種事情——」

她似乎受到相當大的打擊。愛爾娜輕撫緹雅的背部安撫她。

克勞斯要她先好好地深呼吸。

「安妮特的情況如何？」

「……手術成功了。傷口已經縫合好，她現在正在睡覺。」

「這樣啊。」克勞斯頷首。

「可是，她的傷勢相當嚴重。醫生說，她大概會有一兩個月都沒辦法動。」

或許反而該為了只有這點程度感到放心。

汗水止住後，緹雅再次開口。

「老師，拜託你，請讓我——」

「——好極了。那好吧，我就任命妳為搜查員。只不過妳可別太勉強了。」

現在人手相當不足。有擅長和成員溝通，能夠正確指揮大家的緹雅在實屬慶幸。

克勞斯豎起三根手指。

「我們兵分三路吧。第一搜查班——由我和愛爾娜去收集『蛇』的情報。第二搜查班——由緹雅來指揮席薇亞和百合，追查莫妮卡的下落。然後——」

他回想起不在場的少女——「草原」莎拉的身影。

雖然只有透過無線電和她聯繫過，不過她現在的精神似乎很脆弱。大概是會磨耗精神的事情接連發生的緣故吧。

現在就派她去搜查恐怕還太早了。

「莎拉就讓她繼續和蘭一起監視『貝里亞斯』的人質好了。」

這同樣也是不能鬆懈的工作。假使人質逃跑，和混入ＣＩＭ的親帝國派人士聯繫上，事情就麻煩了。不過因為她的愛犬強尼能在搜查時派上用場，之後應該會向她借用。

少女們緊抿嘴唇回答「收到」後，旋即出發在休羅市內展開調查。

見到她們那股氣勢，克勞斯原以為她們一定能掌握住莫妮卡的行蹤，然而——

◇◇◇

兩人坐在沙發上，拿回家途中買來的三明治提早解決午餐。這陣子忙到連下廚的時間也沒有。

「想不到原來你也沒什麼了不起嘛。」

手抓著三明治，以優雅的舉止緩緩地用餐。

的『燎火』也對這團混亂無能為力嗎？虧我還以為你能憑著『不自覺』看穿一切

「我又不是全知全能的神。」

克勞斯淡淡地回應對方諷刺的言語。

克勞斯的直覺並非超能力，他不過是根據過往的經驗加以類推而已。

要是他能掌握一切，才不會眼睜睜讓「鳳」毀滅。

在這十年來情勢最為混亂的休羅，就連他的直覺也派不上用場。

克勞斯瞪著亞梅莉。

「再說，妳也沒資格擺出高高在上的態度。你們分明就徹底輸給了我們。」

「……！」

亞梅莉神情煩躁地板起臉來。她曾有一段時間心情沮喪，不過如今已經恢復精神了。

「還真敢說。你們只不過是碰巧贏過我們而已。」

「妳的意思是，那不是你們原本的實力？」

「是啊，我們會輸都是因為『海德』的錯誤情報。因為反覆採取錯誤的行動，才會遭人趁虛而入。要不是因為這樣，就憑你們幾個——」

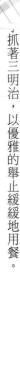

滔滔不絕的話倏地中止。

她似乎發現自己說得太過火了。

「……妳也該對『海德』死心了吧。」

克勞斯開口。

「『海德』裡顯然有叛徒。告訴我成員有誰，我一定會將叛徒揪出來消滅。」

「……身為情報員，我的尊嚴不允許我出賣最高機關的情報。」

「可是妳現在會跟我合作，不正是因為妳無法信任『海德』嗎？」

「儘管如此，我還是有必須遵守的底線。」

亞梅莉用指甲抓了自己的喉嚨，像是在展現絕不退讓的決心。

假使你無論如何都要問，就乾脆將我和部下一起殺了。她的意思大概是如此吧。

看來再交涉下去也只會徒勞無功。「貝里亞斯」是一流的防諜部隊，他們應該有寧可自殺也不願洩漏國家機密的決心。

於是，克勞斯只是靜靜地搖頭，給予亞梅莉忠告。

「勸妳最好對一切抱持懷疑。無論是『海德』，還是達林皇太子。」

「…………」

亞梅莉咬著嘴唇，沉默不語。

但是，她很快就放鬆表情，露出乾笑。

「現在的你沒資格對我說這種話。」

「嗯？」

「因為你的部下裡出了個叛徒。」

「…………………………………………」

這次換克勞斯沉默了。身邊出現叛徒這種事，對間諜來說無疑是極大的失態。

他在口中咬住舌頭，不讓內心的動搖被人察覺。

（……都是因為最近這陣子，我把指導她們的工作交給了「鳳」。）

儘管這話聽來只是藉口，但克勞斯確實為此感到後悔。

「燈火」的少女們在名為龍沖的極東之國，徹底敗給了「鳳」。深感自己缺乏指導能力的克勞斯將「鳳」找來陽炎宮，打造出進行聯合訓練的環境。

克勞斯本人鍛鍊「鳳」，再由「鳳」來鍛鍊少女們。

他並不認為這個選擇本身是錯的，但是就結果來看，確實可以感覺到克勞斯和少女們接觸的時間減少了。

在那之後不久，「燈火」就出現了叛徒。

（——身為教師，我真是太沒出息了。）

他握緊拳頭，忍受心中懊悔的情緒。

要是有多跟她深入接觸，或許就能避免現在這種局面吧。

（不，尤其提到莫妮卡——）

當與她之間的交流掠過腦海時，有人喊了克勞斯的名字。

「老師。」

一望向聲音傳來的方向，就見到愛爾娜站在那裡。她現在受命負責輔助莎拉等人，以及整理情報等雜務。

「緹雅姊姊傳來報告呢。據說有人在市區西邊的住商混合大樓，目擊到莫妮卡姊姊呢。」

「這樣啊。替我轉告一聲，說她幹得很好。」

終於得到一條線索了。

這都要感謝緹雅的功勞。她非比尋常的熱情總算開花結果了。

克勞斯決定立刻前往現場。

◇◇◇

莫妮卡是「燈火」裡最少和克勞斯交流的少女。

也可以說，她是不需要克勞斯特別照顧的人。

自「燈火」成立以來，克勞斯便經常仰賴她。莫妮卡擁有突出的間諜實力，精神方面也相當穩定。

克勞斯平時大致都忙著幫其他部下收拾爛攤子。百合的冒失、席薇亞的失誤、愛爾娜的不幸、安妮特的古怪行徑，要不然就是照顧容易精神崩潰的緹雅和莎拉。就連努力不對克勞斯造成負擔的葛蕾特，有時也會表現出想要撒嬌的態度。

他並沒有要差別待遇的意思，但是他和莫妮卡相處的時間確實很少。就如同世上許多老師所煩惱的一樣，表現愈是優良的好學生，老師就愈不會花時間在對方身上。

克勞斯對莫妮卡總是心懷內疚。

「莫妮卡。」

克勞斯只有一次主動踏進她的內心。

那是穆札亞合眾國的任務結束後不久的假日午後。他向走在走廊上的她搭話，四周沒有其他人。

克勞斯心想這是個好機會。

「怎麼了，克勞斯先生？有什麼事嗎？」

對著一副訝異地停下腳步的她，克勞斯秀出手裡的罐子。

「我買了很好的茶葉。妳覺得如何？」

「什麼覺得如何？」

「因為我之前從沒和妳敞開心扉好好聊過，所以，妳要不要偶爾跟我一起悠閒地喝茶，一邊閒聊？」

一瞬間，她一臉意外地睜大雙眼，神情錯愕地僵在原地。

然而，她很快就恢復平時冷酷的表情。

「這個邀約很迷人，不過還是不了。因為在下想睡覺。」

她輕輕搖了搖手，便往自己的房間走去。

「莫妮卡。」

克勞斯朝著她的背影呼喚。

「我知道妳心裡藏著什麼問題——知道妳暗藏心中的戀情。」

莫妮卡立刻轉身，臉上流露出強烈的焦慮感。她的臉瞬間發白，表情也變得僵硬。

克勞斯並不打算威脅她。

他盡可能讓語氣保持沉穩。

「妳放心，這件事只有我注意到。妳隱藏得非常巧妙。」

其他少女恐怕都沒有察覺。

變化非常細微。莫妮卡在看著某位特定的少女時，眼眸深處會微微地產生動搖。即使她對那名少女的態度強硬，她的言行背後卻總是暗藏笨拙的心意。

克勞斯搖搖頭。

「我不會再追問下去，但假使妳覺得不安，我非常樂意聽妳訴苦。那份感情有可能會成為間諜的弱點。」

世上沒有比愛情和性慾更會使人瘋狂的了。

即使是平常行為舉止極為理性的男人，也會在喜歡的女性面前卸下戒心。無論男女，至今有許多間諜都曾經身陷美人計。

所以克勞斯很擔心她。

「莫妮卡，妳可以偶爾和我對視嗎？」

她一直都在逃避克勞斯。

彷彿害怕被人看穿她的內心一般。

她沒有立刻回答，而是像在打量克勞斯似的直勾勾地盯著他，同時嘴唇微微地顫抖。

沒一會兒，她輕嘆一口氣。

「恕在下拒絕。抱歉啊，在下也不打算跟克勞斯先生談這件事。」

莫妮卡神情哀傷地扭曲嘴角，轉過身去。

「在下要獨自守著這個祕密活著，然後就這麼離開人世。」

她的語氣中蘊含著強大的決心。

問題梗在了喉間。

——妳也打算一輩子都不告訴她本人嗎？

儘管想問，然而她給的回答已經很明白了。她要隱藏這份感情直到最後。莫妮卡的拒絕態度十分明確，讓人感覺要是再追問就太不識相了。

她小聲嘀咕一句「謝謝關心」後，便逕自離去。

◇◇◇

緹雅所發現的大樓裡，確實有遺留下莫妮卡的痕跡。

克勞斯帶著愛爾娜來到現場搜查。

那棟大樓位於休羅市中心地段，鄰近主要道路的巷弄內。大樓內有餐館和法律事務所。

留有莫妮卡痕跡的是位於三樓的空樓層。據緹雅表示，有人曾經目睹藍銀髮少女在此出入。

緹雅本人現在則是正在搜索周邊一帶。

這個樓層原本好像是被當成某種事務所使用。木頭地板上有擺放過桌子的痕跡。角落堆置了一些食物的垃圾。

從容器的數量來推測，她應該最少在這裡待了五天以上。這裡距離工坊不到兩公里，她似乎在這裡休息了一陣子。

「我們撲空了。莫妮卡已經不在這裡了。」

克勞斯做出結論。

這時，在樓層內到處繞來繞去的愛爾娜喊了一聲「老師」。

走近一瞧，結果發現樓層角落的地板上，掉落了像是人類皮膚的東西。那個就像覆蓋臉孔的面具，在眼睛和鼻子的位置上開了洞。

「這個材質……」愛爾娜以沙啞的聲音開口。

「是葛蕾特用來變裝的面具。」

面具附近擺著看似可以拘束人的鎖鏈，上面還沾附著血跡。

——葛蕾特的安危令人擔憂。

她已經被綁架超過十天了，不曉得有沒有接受適當的治療？

既然被監禁在這種地方，那麼她現在身體肯定非常衰弱。一想到這裡，便有一股黑暗的情緒從體內溢出，微微地侵蝕了理性。

但是，再怎麼往壞處想也無濟於事，於是他決定冷靜下來，切換思緒。

（不過真奇怪……留下這麼多證據不像是莫妮卡的作風……）

遺留在原地的面具也是一樣，感覺簡直就像是為了讓克勞斯等人發現才擺在那裡。

（……她果然有什麼企圖。）

莫妮卡的下一步是什麼？

不只是攻擊卡夏多人偶工坊，她還擄走葛蕾特，襲擊安妮特和緹雅。莫妮卡想必遲早會採取下一步行動。

當前克勞斯所能做的，就是察覺預兆，做好準備等她出招。

「我之前沒有好好面對莫妮卡的報應來了。」

克勞斯再次做好心理準備。

然而隔天，事件和搜查便朝著意想不到的方向發展。

◇◇◇

搜查第十一天，撼動芬德聯邦的事件再度發生。

——第二起暗殺事件。

遇害的是米亞．高多芬。她是任職於開文國立研究所的三十四歲女性科學家，專攻理論物理學。據說是國家正在推動的航空領域的開發局長。

她一如往常地離開研究所後，不久便失去了音訊，私人轎車則被棄置在研究所的停車場內。由於她到了半夜還是沒回家，同居的丈夫於是向警方報案。

米亞．高多芬的遺體最後是在流經休羅市區的河川被發現。

據說側頭部遭到手槍射穿。

這則快報一早便在電視上被反覆報導。

一邊透過據點的電視確認有無新情報，克勞斯嘆了口氣。

「關於這件事，ＣＩＭ的高層怎麼說？」

亞梅莉一臉遺憾地搖搖頭。克勞斯偶爾會讓她前往ＣＩＭ總部，指示她將克勞斯等人的事情搪塞過去。

「『海德』還是秉持一貫的態度——認為這件事應該也是『鳳』的蘭所為，要我們盡快將蘭逮捕歸案。除此之外沒有別的了。」

「真是有夠無能。這麼做分明只會讓更多人白白犧牲。」

「……我無法做出任何反駁。」

亞梅莉不甘心地說。不過，再繼續譴責他們也沒用。

「這位米亞・高多芬是什麼樣的人？」

「她是受僱於政府的科學家。原本是溫斯頓大學的副教授，三年前被拔擢進入政府的國立研究所服務。」

「我們來重新檢視一遍資料吧，說不定可以從裡面找出她和達林皇太子的關聯性。假使他們兩人之間有共通點，應該就能查出『蛇』的目的。」

「不用你說我也知道。」

房間裡，堆放了大量關係人的調查檔案。只要是不涉及國家機密的範圍，威脅亞梅莉就能取得CIM所握有的情報。

克勞斯二人迅速瀏覽那些檔案。

正當他們忙著檢視資料時，被派去買東西的愛爾娜衝進了據點。克勞斯命令她到車站前，將所有日報全都買回來。

愛爾娜用焦急的語氣喊道。

「……老師！」

「怎麼了？」

「有、有報社做了奇怪的報導呢。」

克勞斯捨不得浪費時間，依舊埋首於資料中一邊詢問。

「這幾天每份報紙都有一堆奇怪的消息啊。上面寫了什麼？」

「不是那種程度的報導呢！」

愛爾娜的聲音中滿是驚慌。

「——上面刊登了暗殺達林皇太子和米亞局長的凶手的照片呢！」

克勞斯和亞梅莉同時停下動作，互相對望。

然後同時做出判斷。

「這是不可能的。」「不可能會有這種事。」

這是讓人連否定都嫌麻煩的假消息。

亞梅莉對此尤其感到憤慨。

「這種報導根本不值得一看。連ＣＩＭ都沒有暗殺達林皇太子的凶手的照片了，區區民間的報社怎麼可能拿得到手。」

她不耐煩地捏著眉間，從愛爾娜手中接過報紙。

「這種惡質的報導必須立刻加以管──」

她中途止住了話。

嘴唇微微顫抖。

「燎火。」

亞梅莉將報紙遞給克勞斯。

「事情恐怕正變得愈來愈離譜了。」

在一臉不安的愛爾娜的注視下，克勞斯閱讀報紙。

報社名稱是「康美利德時報」。記得沒錯的話，那是相當大型的報社。

兩張大大的照片幾乎覆蓋整個版面，簡直就像通緝令一樣。照片的畫質相當差。可能是晚上拍攝的關係吧，畫面整體非常昏暗。

但是，畫面中央拍到了似乎是人的存在。

──【特報。暗殺皇太子殿下，本世紀最邪惡的惡徒】

版面上除了有煽動讀者的激烈文字，還刊登了標題為「皇太子殿下暗殺現場」和「米亞・高多芬局長暗殺現場」的照片。

一張是疑似為逃離現場之刺客的人物身影。

另一張則是更決定性地拍到，刺客拖著疑似為米亞局長的女性遺體的模樣。即使透過畫質粗糙的照片，仍能辨識出米亞局長的長相，以及感受到刺客眼中的憎恨。

克勞斯倒吸一口氣。

「老師……」愛爾娜喃喃地說。「這是莫妮卡姊姊的照片呢。」

她說得沒錯。

被指控是世紀刺客的照片——照片中的人物無疑正是莫妮卡。

4章

冰刃②

the room is a specialized institution of mission impossible
code name hyozin

莫妮卡首先做的，是確認自身的異常。

體溫上升，心跳數增加。確認這些變化所代表的意義。

「燈火」第二次挑戰的不可能任務——在執行舉發刺客「屍」的任務時，「燈火」分成了兩組。因為和百合分別超過一個月，讓莫妮卡有機會冷靜地重新審視自己。

自從察覺身體的異狀以來，她便一本接一本地閱讀愛情小說。雖然小說內容多半是描述男女之間的戀情，不過她確實從中找到一些關於身體變化的描寫。

接下來就是自己試試看了。

百合離開陽炎宮之後，莫妮卡前往她的房間。那是一個擺放了許多藥瓶，香草氣味瀰漫的空間。

（……感覺好像變態。）

儘管有些自我厭惡，還是不得不付諸實行。

她將日光移向房內的家具。

（是百合平時睡的床啊。）

莫妮卡微微嘆息，然後躺在床上。她像房間主人平常所做的那樣把頭枕在枕頭上，靜靜地閉上眼睛。

確認身體的狀態。

心跳果然澎湃地加速了。整張臉發燙，感覺好難為情。

發生在她身上的變化非常真實。

假使體溫上升、出汗、血流增加、宛如發燒般的變化叫做戀愛，原來如此，那麼看來我果然對她產生戀愛的情愫了。

莫妮卡並沒有幼稚到會去否認這個事實。

——我愛上了百合。

雖然困惑，但也只能接受。

她原以為自己這輩子都不會和任何人談戀愛，卻萬萬沒想到竟然會喜歡上女性，而且對方還是一名超級樂天的冒失少女，讓她不禁感嘆自己的品味真差勁。

這時，走廊上傳來腳步聲。

她拿起事先準備好的筆記本，假裝正在寫東西。

房門開啟，表情不悅的緹雅探出頭來。

接下來莫妮卡等人為了參加「屍」的任務，必須達成克勞斯所出的課題。緹雅似乎是因為莫妮卡缺席了那場作戰會議，情緒才會如此憤慨。

「嗯？妳找在下有什麼事？」

才說完，緹雅便不滿地瞪著莫妮卡。

「我才想問妳在百合房裡做什麼哩。」

「調查。」

她這麼打馬虎眼。至少這並不是謊言。

◇◇◇

察覺自己的愛慕之情之後，莫妮卡心裡只有一個想法。

（……真麻煩啊。不過，這應該只是暫時性的症狀，遲早會消失吧。）

她決定徹底隱藏自己的愛意。

理由有好幾個。

首先是世人看待同性戀者的嚴厲目光。現在這個時代，同性戀是犯罪也是精神疾病，而且也不曉得同居的同伴會不會對她產生排斥感。

第二個理由是，那可能會成為她身為間諜的弱點。假使被敵方間諜得知，對方可能會以此作為要脅，就像從前父親工作室裡的那個男人一樣。

第三個則是——其實她感覺這個占了絕大部分的因素——這份戀情不會有結果。

莫妮卡的戀情要能夠開花結果，百合就必須也是同性戀者才行。可是從她的言行舉止來看，她感覺不像是同性戀者。

（在下得向所有人保密，直到這份異常消失為止……）

莫妮卡如此下定決心，繼續以間諜身分度日。

在與百合重逢之前的這段時間，她持續整理自己的心情。

——途中，緹雅揭穿了莫妮卡一部分的愛意。

事情發生在她被迫對付安妮特的母親時。莫妮卡和緹雅的意見始終相左，兩人產生了衝突。儘管最後緹雅讀了莫妮卡的心，成功說服她幫忙，然而這件事卻讓莫妮卡深深體悟到堅守祕密有多困難。

——她察覺到安妮特的殘虐性格。

佯裝天真爛漫，利用其他少女暗殺母親的邪惡。唯獨莫妮卡發覺這一點，並且從中學到保守自身祕密是怎麼一回事。

因為有了這些經驗，莫妮卡才能夠隱瞞自己的愛慕之情。

她對百合的態度與往常無異。只要她犯錯就嚴厲斥責，若是她隨便糾纏自己就暴力以對。她持續和百合保持一定的距離。

以間諜身分學習到，不讓動搖顯露在臉上的技術。

只要運用那份技術，除了克勞斯外誰也不會發現。

——唯獨一人例外。

◇◇◇

葛蕾特時常擾亂莫妮卡的情緒。

這名少女比「燈火」裡的任何人，都還要坦然專一地面對自己的感情。她愛慕克勞斯，為了他在任務中努力奮鬥，而且從不隱藏內心的情愫，持續對克勞斯本人表達愛意。

那樣的她是如此耀眼，令抑鬱的情緒不斷在莫妮卡心中堆積。

如果只是一般的日常對話，莫妮卡還能完全隱藏自己的心意。可是，一旦情緒動搖的時刻偶然重疊，意想不到的真心話便會顯露出來。

比方說，在兩人一起外出購物的途中。

「屍」的任務結束，為了下一次穆札亞合眾國的任務進行準備的期間。那一天，負責下廚的莫妮卡和葛蕾特一同外出。

在那種情況下，葛蕾特不經意拋出了話題。

「……對了，之前在執行『屍』的任務時，百合小姐曾經這麼說喔。」

「嗯？」

「她說『莫妮卡經常命令我幫她按摩』。我之前也被她按過，她的技術真的非常好呢。莫妮卡小姐是什麼時候發現她會按摩啊？」

先前潛入政治家的宅邸臥底時，葛蕾特陷入了疲勞困頓的狀態，睡眠不足讓她連腦袋都轉不動。當時拯救她的，聽說正是百合的按摩技術。

突然聽見百合的名字，莫妮卡「不曉得耶」地隨口敷衍。

她之所以命令百合幫自己按摩，是想要藉此確認自己的愛意。

眼見這件事情被提起，她不禁心生動搖，好想立刻改變話題。

「吶，葛蕾特，在下也可以問妳一個問題嗎？」

話不經意地脫口而出。

「能夠對愛情勇往直前是什麼樣的感覺？」

「咦……」

葛蕾特訝異地張大嘴巴。

莫妮卡自己也感到困惑。她明明本來是想提問諜或天氣之類毫不相干的話題。

大吃一驚的葛蕾特很快便闔上嘴巴，恢復往常平穩的表情。

「感覺非常美妙喔……」

「……是喔。」

「如果要說哪一點令我感到遺憾，大概就是這份感情不會有結果了……儘管如此，和老大共度的日子還是充滿了幸福……」

實際上自從「屍」的任務結束之後，她的臉上便時常掛著滿足的笑容。恐怕是克勞斯對她說了什麼體貼的話吧。

葛蕾特微微揚起的嘴角讓莫妮卡的心好亂。

「喔，這樣啊。在下會這麼問其實沒什麼特別的意思啦。只不過——」

莫妮卡咬了咬嘴唇。

「在下之前也說過，在下的體質是見到別人對愛情勇往直前就會感到嫉妒。」

葛蕾特的嘴唇微微動了動。

一副欲言又止的模樣。

但是，莫妮卡並不打算繼續和她交談下去。她逃也似的加快腳步，遠離葛蕾特。

◇◇◇

自從承認自己心懷愛意之後，莫妮卡就變得更努力進行日常的訓練。

她原本以為那只是暫時的，然而那份愛慕之情卻遲遲沒有消失。

百合似乎並不打算辭去間諜的工作。她好像想要繼續留在「燈火」裡，讓生命暴露在危險之中。莫妮卡不希望百合死去，因此她只好努力鍛鍊自己。

莫妮卡會在穆札亞合眾國的任務結束後開始教育莎拉，目的也是想要提升「燈火」整體的實力水準，對她的成長空間抱持期待。

不僅如此，莫妮卡本身挑戰克勞斯的頻率也增加了。

「妳的心境是不是產生變化了？」

果不其然，克勞斯察覺到了。

那是她在陽炎宮的庭院裡，從背後用橡膠彈突襲剛結束任務歸來的克勞斯之後的事情。她在開槍的同時，也嘗試利用內藏鐵球的橡膠球進行反彈攻擊。

克勞斯從容不迫地避開所有攻勢。

行動失敗的莫妮卡出現在他面前，「沒有啊？」地笑答。

「不是什麼大變化啦。在下不過是覺得承認自己是天才也未嘗不可，於是就連訓練也變得積極起來了。」

「這樣啊。」

「克勞斯先生，你要負責喔。因為誰教你要給在下『好極了』的評語。」

莫妮卡取出小刀，在手裡轉動。

自尊心被「煽惑」海蒂粉碎後，莫妮卡變得不再相信自己的才能。但是，見到儘管是吊車尾依舊持續努力的百合和其他同伴，她漸漸覺得畏首畏尾根本毫無意義。因為和其他人相比，她的能力要好太多了。

——『所以說，莫妮卡也是「好極了的天才」喔！』

那個天真的說話聲至今依然殘留在耳畔。

克勞斯微微瞇起雙眼。

「——好極了。這是很值得開心的變化。」

在他的雙眼再次睜開之前，莫妮卡以最快速度舉刀刺向他的肩頭。若是沒有抱著讓他受傷的決心，是不可能打倒他的。

小刀被擋下了。

克勞斯用右手的食指和大拇指夾住，徒手接住了小刀。

「不過，妳要贏過我還差得遠呢。」

他從莫妮卡手中奪走小刀後，把刀扔到手無寸鐵的莫妮卡腳邊，就這麼進到洋房裡。

◇◇◇

追求成長的過程中，難免會一再地碰壁。

那樣的時刻不止發生在和克勞斯的訓練中，也在和「鳳」交流時到來。

自從在龍沖的任務結束之後，「鳳」幾乎每天都會造訪陽炎宮。

也就是和「鳳」的蜜月期。

那段吵吵鬧鬧的日子背後其實別有目的。克勞斯訓練「鳳」的同時，「鳳」也給予「燈火」指導。「鳳」乍看造成旁人困擾的行動，其實是在灌輸缺乏基礎能力的「燈火」少女們確實可靠的技術。

——克勞斯所打造出來的新教室。

不只是由老師單方面地進行指導，同時也是學生們互相教導技術、彼此提升的學習環境。

莫妮卡識破了其中的意圖。

「鳳」全員到齊的某天中午，莫妮卡站在陽炎宮的屋頂上，觀察院子裡的「鳳」成員。

看著看著，她慢慢觀察出他們各自負責的工作。「翔破」畢克斯傳授席薇亞格鬥能力，「羽琴」法爾瑪傳授緹雅和葛蕾特交涉能力，「凱風」庫諾傳授百合和愛爾娜潛伏技術，「浮雲」蘭則傳授安妮特拘束術。

莫妮卡挑釁地揚起嘴角。

「那麼，究竟會是誰來當在下的對手呢？」

「——是我，藍銀髮女。」

回應從身後傳來。

一名眼神銳利的棕髮男子站在那裡。他好像是蹬著牆上的突起物，來到屋頂上。他擁有全身如彈簧般的異常跳躍力。

男子以一臉瞧不起人的冷酷表情走過來。

——「飛禽」溫德。

從前在培育學校所有學生中拿下第一名的成績，現在則是「鳳」的老大。

「因為好像沒有其他人能夠當妳的對手。」他態度傲慢地說。

「原來如此，這樣的安排感覺挺妥當的。」

溫德的實力即使在「鳳」之中也格外傑出，甚至足以讓克勞斯指名他當團隊的老大。據說連在共和國內，他也已經達到頂尖的水準。

他依舊帶著冰冷的視線，站在莫妮卡面前。

「我就以為共和國效命的同胞身分，指導妳基礎技術吧。妳應該為此感到光榮才是。」

「嗯……？」

莫妮卡交抱雙臂，一臉不解地歪頭。

溫德不以為意地繼續說。

「妳身上蘊藏著相當大的潛能。妳還只有十六歲對吧？只要妳照我所說的再稍加鍛鍊，相信就能——」

「喂，等一下，你這個長了一張壞人臉的傢伙。」

莫妮卡打斷他的話。

溫德的表情頓時僵住，一副大感意外的模樣。

「你為什麼一副高高在上的態度？在下可是一點都不認同你在在下之上耶？」

她會做出這種挑釁發言是有原因的。

在龍沖，溫德和莫妮卡只有在最後一刻直接交手。愛爾娜、莎拉、席薇亞、莫妮卡四人聯手對付他一人，成功將他逮住。

不曾直接測試過彼此的實力。

──「鳳」的老大。除克勞斯外，同世代最強的候補人選「飛禽」溫德。

──「燈火」的王牌。多次在不可能任務中立下功勞的「冰刃」莫妮卡。

究竟這兩人誰比較強？這一點尚未分曉。

「勸你早點低頭認輸啦。這麼一來，寬宏大量的在下或許會願意指導你喔。」

面對莫妮卡的挑釁，溫德不悅地蹙起眉頭。

「……無聊透頂。」

他悄悄地用單手握住兩把刀，渾身散發出類似殺氣的威嚇氣勢。

兩人沒有多說廢話。

他們想要的，是簡單明確的對決方式。既然如此，要做的事情就只有一個。那就是用盡所有方法讓對方屈服，說出「投降」二字。

「我會讓妳明白我倆之間的實力差距。儘管放馬過來吧。」

戰場是陽炎宮的屋頂。
下午兩點十二分。晴天。微風。距離兩公尺。
——戰鬥突然展開。
莫妮卡做出判斷，認為近身戰對自己不利。
於是她一邊遠離溫德、一邊擲出五枚左右的鏡子，插在屋頂上。
溫德滿不在乎地衝上前來，然而莫妮卡的攻擊速度比他的刀子更快。她投出用來牽制的橡膠球，稍微分散溫德的視線。

「代號『冰刃』——愛戀擁抱到最後一刻。」

她用藏在右手裡的相機發出閃光。
利用鏡面反射的奇襲攻擊。一如字面的光速攻擊。
「——！」
莫妮卡通過應該已經失去視覺的溫德身旁，一面擲出內藏鐵球的橡膠球。橡膠球在屋頂上突出的煙囪部分反彈，擊中溫德的側頭部。
她本想繼續追擊卻停了下來。

溫德已經重整好態勢了。他一臉佩服地用手揉著遭球命中的部位，平靜地望向莫妮卡。

「光——不對，是偷拍啊。」

看樣子，方才那記攻擊似乎沒能對他造成多少傷害。他大概擁有能夠減緩衝擊的技術吧。

「妳的特技相當優秀呢。能夠從各種角度以肉眼辨識對象，是很適合間諜的能力。」

「多謝誇獎。」

「但是卻不適合用來格鬥。只能使用一次，一旦被識破就沒用了。」

語畢，溫德採取了令人意想不到的行動。

他閉上雙眼。

在手持武器的莫妮卡面前自行堵住視野，讓自己立於不利之地。

莫妮卡見狀忍不住哀號。

（唔！難道他那樣也能作戰——！）

答案很快就揭曉了。

溫德猛地跨步，下個瞬間便來到莫妮卡面前。彷彿施了魔法般的高速移動。莫妮卡完全無暇做出反應。

「——妳那半吊子的技術對我是行不通的。」

對手以凌厲氣勢使出的突擊，令莫妮卡閃避不及。

在經歷第五次衝突之後，莫妮卡從屋頂上墜落。

所幸她撞上院子裡的樹，壓斷好幾根樹枝墜落下來，方能將衝擊力降至最低。儘管如此，身體仍受到猛烈撞擊，即使想起身也使不上力。

碰巧人在院子裡的莎拉驚呼「莫妮卡前輩！」，衝上前來。

被人撞見自己的醜態了，莫妮卡嘆著氣心想。

徹底失敗。

溫德揮舞的刀子雖說是刀背，卻也十分強而有力。

一旦遭受直擊，莫妮卡輕盈的身體便輕易浮起，狼狽地在屋頂上滾動。莫妮卡的特技被完全封鎖，持續遭到對方單方面的攻擊。

她在第五次衝突時落地。摔出場外的她，呻吟著說出投降二字。

「那是什麼動作啊……？」

實在是太快了。

速度本身並沒有到極速的程度，異常的是加速與減速的切換速度。連續的停止與全力衝刺。緩急分明的身體動作讓人完全跟不上。

溫德來到莫妮卡面前，靜靜地俯視她。

「這是『炮烙』蓋兒黛傳授給我的技術。她是我的老師。」

「那是『火焰』的……？」

他點點頭，說出他與蓋兒黛的相遇經過。

他在芬德聯邦的土地上，遇見展現精實肉體的老婦人。她將溫德帶到自己藏身的木造公寓，在公寓的地下室對他進行為期數天的基礎訓練。那段時間儘管猶如置身地獄，卻讓溫德繼承了她一部分的技術。

莎拉在一旁目瞪口呆。

莫妮卡喃喃地說。

「……原來你也認識『火焰』啊。」

溫德點頭，簡短地回一句「沒錯」。

「蓋兒黛命令我，要我成為支持克勞斯的同伴，所以我才會在這裡。」

「……你還真聽那位老婆婆的話啊。」

「因為她是我的恩人。況且，我們的根源一致。我、蓋兒黛，還有克勞斯，我們的目標只有一個。」

他語氣堅定地說。

「那就是對加爾迦多帝國——以及對世界復仇。」
他身上散發出的殺氣令莎拉屏息。
溫德對莫妮卡投以凌厲的目光，用帶著輕蔑的語氣對她說。
「戰鬥的層次和妳截然不同。」

◇◇◇

莫妮卡的人生充滿了失敗。
儘管擁有與生俱來的才能，卻依舊沒能逃離挫折。
她在藝術的世界裡屢屢失敗，於是逃也似的進入間諜的世界，但卻又再次接連輸給了海蒂、克勞斯、基德、溫德這些高手。
莫妮卡並非總是志得意滿，她也經歷過好幾個顫抖悔恨的夜晚。
她一直悄悄摸索要如何對抗強者，不讓同伴們發現。
（……看來有必要從根本重新檢視戰鬥模式了。潛入和交涉交給其他人就好。在下所要追求的，是絕對不在戰鬥中失敗。）
她每天不間斷地努力鑽研。

（要怎麼做才能進入到強者的世界呢？）

莫妮卡之所以沒有像培育學校時代一樣受挫放棄，有很大的原因是因為百合。她想要在百合面前抬頭挺胸地說自己是天才。

不知不覺間，她不再認為這份感情只是暫時的了。

——以「燈火」的間諜身分發揮所長，持續守護著她。

這便是絕不表明心意的莫妮卡所選擇的戀愛方式。

◇◇◇

「鳳」的訃聞令人感到無盡空虛。

這是莫妮卡人生第一次遇到親近的人死去。巨大的失落感折磨著她，連比自己還強的間諜也會喪命的現實將她狠狠擊垮。

（虧他講得一副了不起的樣子，結果居然這麼輕易就死了……）

她抱著那樣傲慢的心態，出發前往芬德聯邦。

連在管理小屋和蘭會合時，莫妮卡也在啜泣的她身上看見自己的未來，並且暗自揣想，當同伴死去時自己會是什麼反應。

正當她心不在焉地沉思時，百合忽然做出意想不到的舉動。

她讓所有成員牽起手之後，大喊了一句莫名其妙的「笑容！」，接著便用嚴肅的口吻說。

「約好嘍，我們每個人都要活下來。我們不會再有人死去，會全員一起回去陽炎宮。請大家發誓一定要做到這一點。」

乍看幼稚卻重要的誓言。

（……即使身處這種狀況，她還是一點都沒變啊。）

雖然莫妮卡自己不知道，不過她臉上或許泛起了微笑也說不定。

無論被逼入何種困境，依舊開朗地望向未來的百合。

莫妮卡正是受到她那堅強的精神意志所吸引。

◇◇◇

從那之後，莫妮卡便經常和蘭一起行動。

蘭目前全身身受重傷，無法發揮原本的能力，但是要揪出襲擊「鳳」的神祕集團不能沒有她的協助。

在芬德聯邦各地行動時，莫妮卡會以護衛身分與蘭同行。

這一天，蘭說想去一個地方，於是兩人為避人耳目，在夜裡偷偷騎著大型二輪機車出發。

途中，莫妮卡關切地問「妳的傷不要緊嗎？」，結果後座的蘭笑著說：

「已經慢慢好起來了啦。雖然離完全復原還很遠，不過感覺已經多少可以幫點忙了。哼哼，敝人回歸的時刻就快到了。『鳳』和『燈火』的團結象徵——敝人將宛如不死鳥般再度降臨。」

蘭的語氣十分愉快。

儘管隱約感覺到一絲逞強，莫妮卡還是決定不深入追究。

「所以呢？妳要去哪裡？」聽了莫妮卡這麼問，蘭回答「克勞斯大人拜託敝人跑腿是也」。

她所指定前往的地方，是位於休羅東南方、一個名叫伊密朗的鄉鎮。

「溫德大哥生前曾說：『找到蓋兒黛的遺產了』是也。」

「那是什麼意思？」

「敝人也不知道。畢竟，吾等是在大哥報告的前一刻遇襲。」

蘭有些悲傷地說。

「鳳」本來的目的，是搜查在此地失去音訊的「炮烙」蓋兒黛。

查明她在這裡調查什麼，以及為何遭到殺害。

「不過，敝人倒是知道溫德大哥之前造訪過的地點。那是他從前接受訓練的蓋兒黛大人的藏身處。大哥幾乎每天都會前往那裡，尋找線索是也。」

當其他成員在搜尋蓋兒黛的目擊情報和移動軌跡時，他花了好幾天鎖定公寓，搜索她遺留下來的物品。

蓋兒黛藏身的地方，是一棟四層樓高的老舊木造公寓。牆壁上木頭紋理外露，而且還發了霉。每一層樓好像有三個房間，不過幾乎沒有居住者，整棟公寓只有兩三間房有透出光線。

蓋兒黛所租借的房間還沒有被清空。她似乎事前就將好幾年份的租金交給房東了。

一進到位於三樓的房間，就見到客廳和寢室內散落著大量酒瓶和菸蒂。溫德好像將整個家到處都翻遍了，只見地板和壁紙都遭到了破壞。

「溫德大哥好像找到了什麼……但他會不會已經帶走了呢？」

「克勞斯先生怎麼說？」

「——他說『蓋兒老太婆不擅長隱藏機密文件。東西應該會在容易被找到的地方』。」

「身為間諜，那樣真的沒問題嗎？」

莫妮卡和蘭大略地環視室內。

「沒有耶。」「沒有是也。」

結果沒有找到疑似的物品。

她們原本考慮也去探索蓋兒黛的房間以外的地方，但是在毫無準備的情況下，要是被其他居住者發現就麻煩了。於是，她們決定改天再偽裝成業者進行調查，之後便離開了現場。

◇◇◇

芬德聯邦謀略戰。

儘管遭遇失去「鳳」這樣的悲劇，然而那對莫妮卡而言也只是平常的任務之一，該做的事情照樣不變。

在冷靜的思考下，發揮自己的能力，保護百合到底。

隨時採取最佳手段，不讓同伴受傷。

照理說應該這樣就沒事了。

豈料有一天她卻體會到，那樣的想法太過樂觀。

◇◇◇

經過一番搜查，最後「燈火」鎖定襲擊「鳳」的是名為「貝里亞斯」的部隊。

克勞斯設下好幾道圈套，和席薇亞一起潛入「貝里亞斯」進行搜查，其他少女則負責支援。

克勞斯等人前往在名為「白鷺館」的洋房所舉辦的舞會。

莫妮卡則離開現場，獨自監視卡夏多人偶工坊。那裡是「貝里亞斯」的根據地。如今緹雅正被挾為人質，一旦她出了什麼事情，就會向莫妮卡發出求救訊號。

莫妮卡在工坊周邊的大樓屋頂上任憑時間流逝。

忽然間，屋頂一隅傳來人的氣息。

對方好像是從隔壁大樓跳過來的。那人輕盈落地後，露出游刃有餘的表情。

「是誰？」

莫妮卡的右手已經握住手槍。只要她願意，便能在零點幾秒內迅速射擊。

對方看起來是一名年紀和莫妮卡相仿的少女。雖然天色昏暗、看不清長相，不過她那像在嘲笑人、散發出嗜虐感的利齒反射了夜景的微弱光線，冷冷地發光。

「嘻嘻！」的刺耳笑聲傳來。

「我們終於見面了呢。」

「少廢話，快報上名來，笨蛋。」

「——翠蝶。」少女面露微笑。「這就是蜜的代號。」

莫妮卡還不知道眼前的究竟是什麼人。但是，感應到那人渾身散發出來的陰森邪氣後，她本能地明白了。

自稱翠蝶的少女輕輕地將食指指向莫妮卡。

「幸會，莫妮卡——『蛇』將完美無缺的絕望送來了喔。」

嗜虐的微笑。

莫妮卡的惡夢就從這一刻開始。

「康美利德時報」的總公司前方聚集了大批群眾。

那是一棟位於休羅市中心，八層樓高的氣派大樓。和周遭建築相比格外高聳，帶有歷史痕跡的灰色石造外牆十分美麗。窗戶因為是毛玻璃，所以看不見內部。入口豎立著氣派的石柱，散發出拒人於門外的氣場。

據亞梅莉所言，這是一家擁有百年歷史的老牌報社。政治思想中庸，一直以來都秉持不傾向親帝國派或反帝國派的態度。

在那家報社的總公司前方，有許多市民正朝著大樓發出怒吼。聚集的人潮滿到馬路上，堵塞了車道。不巧經過的車輛發出尖銳的喇叭聲，卻依舊敵不過群眾的激情。

他們吶喊的內容是「那則報導是真的嗎？」、「快告訴我們照片的詳情」。

所有人關心的都是同一件事。

「感覺殺氣騰騰的。」

「就、就是呢。有點可怕呢。」

克勞斯和愛爾娜混在群眾之中，互相發表感想。

當然，他們的目的也只有一個——那就是向拍攝莫妮卡照片的記者詢問詳情。

◇◇◇

「……………真教人想不通。」

看著面前莫妮卡的照片，亞梅莉在眉間擠出深深的皺褶。

莫妮卡以暗殺達林皇太子和米亞局長的犯人身分登上日報，占據了整個版面。照片的畫質雖然很差，但照片裡的人物無疑正是莫妮卡。

亞梅莉朝克勞斯投以狐疑的目光。

「燎火，你可以老實回答我嗎？達林皇太子殿下遭到暗殺時，莫妮卡人在哪裡？」

「我讓她去監視卡夏多人偶工坊，並沒有對她下達其他指示。」

「你沒有方法可以證明這一點。」

她眼中的懷疑加深了。

「不對，嚴格來說你也不知情。當時你人在『白鷺館』的舞會大廳裡，無法直接確認莫妮卡的行蹤。」

她說得沒錯。

達林皇太子被暗殺前後的時間，克勞斯和席薇亞正遭到「貝里亞斯」拘束。因為緹雅被挾為人質，他們只能乖乖聽命行事。

在那樣的情況下，莫妮卡具體上做了些什麼，克勞斯完全無從得知。

亞梅莉繼續追問。

「『冰刃』莫妮卡有可能暗殺達林皇太子殿下嗎？」

「不可能，她沒辦法突破警備。」

「你說謊。」

亞梅莉以尖銳的語氣回應。

「我確認過她的行動了。她和『燈火』其他成員截然不同，實力相當堅強。若是有人幫忙，她或許就能突破防線。」

「既然妳這麼認為，那又何必問我呢？」

克勞斯對她優秀的分析能力感到厭煩。

她分析得沒有錯，莫妮卡已經擁有一流間諜的實力。假使警備網的情報外洩，又有內部人士接應，那麼她十分有可能完成暗殺。

當然擄走一名女性科學家也不成問題。

「雖然我想應該不可能，」

克勞斯語帶質疑地說。

「是莫妮卡殺死達林皇太子——妳該不會真的相信如此愚蠢的報導吧？」

「我只是在檢討可能性而已。」

亞梅莉搖搖手回答。

「這篇報導很可疑，當然不能夠隨意輕信。」

「我想也是。」

「可是也不能無視啊。這張照片裡的人無疑正是莫妮卡，天曉得ＣＩＭ高層會對此事作何判斷——」

克勞斯聯想到的，是遭到殺害的「鳳」的成員們。

ＣＩＭ的人們有盲目聽信高層指示的傾向，假使「海德」真的下達抹殺莫妮卡的命令——

「無論如何，還是直接向記者問個清楚比較好。」

克勞斯站起身。

「只要找出情報來源——應該就能找到莫妮卡。」

◇◇◇

克勞斯二人在「康美利德時報」總公司的正面，看見了席薇亞的身影。

他們在總公司後面的巷弄深處與她會合。她似乎是來報告報導出現後，黑社會方面所產生的變化。

「緹雅超努力的。」

為避人耳目，席薇亞躲在建築後方悄聲說道。

「她正在和休羅一帶的黑幫接觸，逐一收集情報，並且同時對我和百合下達指示。我看，也只有緹雅能夠這樣一心多用了。」

克勞斯「就是啊」地予以肯定。

接受「鳳」之中負責潛入搜查的法爾瑪的指導後，緹雅和葛蕾特潛入敵方組織的技術有了飛躍性的提升。由於葛蕾特還是害怕男性眾多的集團，因此能夠潛入任何地方的緹雅顯得格外可靠。

她擁有只要與他人對視，就能讀取願望的特技。她大概已經利用這一點，和眾多組織產生連結了吧。

席薇亞的報告內容，聽說主要是緹雅所收集到的情報。

「首先報告這幾天的動向。各幫派好像打算暫時團結起來，成立新的武裝集團，宰了威脅國家的間諜。」

「……反社會勢力想要組成義勇軍啊。」

「差不多就是這麼回事。王族好像在黑幫裡面也很受歡迎。」

「就是啊。而且政府的信賴度一旦下降，力量就會往可疑的團體聚集。」

整個社會的火藥味似乎愈來愈濃了。

席薇亞沉下臉來。

「今天早上那篇報導恐怕會加速黑幫之間的勾結。」

「這樣啊。這背後說不定有人在穿針引線，麻煩妳去進行後續的搜查。我們要從報社那邊探聽出報導的真相。」

「……你說得還真簡單。不過也對，對你來說大概易如反掌吧。」

席薇亞小聲說了句「交給你啦」便轉身離去。

克勞斯和愛爾娜再次回到總公司的正面。

仔細觀察那群高聲吶喊的市民，可以看出裡面混雜了形形色色的人。從普通市民、別家報社的記者，到疑似黑社會的人都有。

不遠處，可以見到電視台也已經來到這裡，男性播報員正對著攝影機說話。看來所有國民都對那篇新聞報導深感興趣。

克勞斯向一直注視著總公司大樓，看起來像是別家報社記者的男人搭話。

「康美利德公司是怎麼回應的？我想向記者問話。」

男記者聳聳肩說：「如你所見，不可能啦。」

他用手指著牢牢深鎖的大門。

「他們堅決表示無法透露情報來源，甚至把警方也趕回去了。員工現在都關在大樓內。」

「看樣子口風很緊啊。」

「警方也是只要沒有證據能夠證明那是假消息，便無權將人逮捕。如果要說有誰能夠突破防線——」

男人止住話，「噢，說人人到」地將視線望向從群眾旁邊駛來的車子。

約莫八名身材健壯的男女，從突然到來的兩輛黑頭車上走下來。他們所有人都穿著令人感到陰森的黑色大衣。

「ＣＩＭ駕到。」男人神情愉悅地說。

「……無視人權的搜查權啊。」

「是啊，我看這下那名記者也完蛋了。那是公認行徑粗暴的『瓦納金』部隊。他們大概會拿有間諜嫌疑的理由刁難那名記者，將他帶去盤問室吧。」

克勞斯向男記者道謝，隨即離開現場。

由於現在是間諜的時代，諜報機關被認同握有超越警察的搜查權。像是硬闖他人土地、在沒有證據或拘票的情況下將人擄走等等，他們有時也會做出這種不人道的行為。雖然克勞斯當然也不會對叛國賊留情就是了。

不同於「貝里亞斯」的防諜團隊似乎採取行動了。

他們將警衛的手臂一扭，正試圖要強行突破。想必他們不久後便會闖進總公司，綁走知道真相的記者吧。

「呃…………」

愛爾娜不安地彎曲眉毛，咬住嘴唇。

克勞斯輕觸她的背部。

「妳想為莫妮卡盡力嗎？」

「是呢。那當然呢。」

她堅定地點頭。

「莫妮卡姊姊背叛前不久，樣子就有點怪怪的呢。愛爾娜……明明注意到了，卻沒能幫助她呢……！」

「這樣啊。既然如此，我們就一起走吧。現在的ＣＩＭ不值得信任，不能被他們搶走寶貴的情報。」

克勞斯彎下腰，和愛爾娜視線相對。

「接下來要冒險了——我就是為此才選擇妳作為這次的搭檔。」

◇◇◇

「康美利德時報」的後方同樣聚集了人潮。

那些人好像打算逮住從後門出入的人，逼問報導的情報來源。但是因為沒有人從後門出入，他們最終只能束手無策、漫無目的地望著建築。

每個出入口都遭到封鎖，窗戶也全數緊閉。正門有ＣＩＭ的人在，沒辦法從那裡闖入。

克勞斯毫不猶豫地前往隔壁大樓。

那是保險公司所有的五層樓建築。他對正門的警衛謊稱自己是ＣＩＭ的人，並出示從「貝里亞斯」偷來的專用硬幣。

克勞斯通過不知所措的警衛身旁，跑上二樓，在走廊深處發現窗戶。窗戶是敞開的。一如他從屋外確認過的，窗戶另一頭正好就是對面的「康美利德時報」大樓的窗戶。

他一度遠離窗戶，拍拍愛爾娜的肩膀。

「要跳過去嘍。」

「呢？」

克勞斯無視困惑的愛爾娜在走廊上助跑，然後就這麼跳出窗外。

距離隔壁大樓的寬度為五公尺。

克勞斯踢破「康美利德時報」的窗戶玻璃，入侵大樓內部。他隨著四散的玻璃，完美落地。

二樓似乎是編輯部。

十二張辦公桌緊密並排，桌上的文件堆積如山。裡面約有七名員工，他們所有人都茫然地張大嘴巴，呆若木雞。

一名在克勞斯身旁的男員工，嚇到把手裡的文件都掉在地上了。

「抱歉，我弄錯入口了。」

克勞斯微微低頭致歉。

「對了，請問寫出那篇報導的人是誰？他在哪裡？」

「誰、誰知道啊！」

一旁的男性激動地大呼小叫。

「那篇報導是突然被刊登上去的，像我這種基層員工根本不知道怎麼回事……話說回來，你到底是——」

克勞斯拿出事先準備好的清單，擺在他眼前。

「你只要指出有可能知道的人就好，我並不打算繼續對你不利。」

「呃，這、這種事情……」男人的視線游移。

「原來如此，是雷蒙總編輯啊。」

「咦？」

「光是移動視線就夠了。你放心，我不會把情報來源說出來的。」

自顧自地說完，克勞斯衝出編輯部。

這時，愛爾娜也大喝一聲「呢！」，成功闖入大樓。

克勞斯帶著她來到走廊上，發現了電梯。他按下電梯按鈕，然後在等待電梯的同時，利用隔壁的樓梯來到一樓。

確認正門的情況。

ＣＩＭ的八人好像已經突破警衛的阻攔了。領頭的是一名腰際掛著軍刀，膚色黝黑的金髮男人。他逮住一名女員工，表情嚴厲地逼問對方。

「我是ＣＩＭ的人。雷蒙總編輯在哪裡？」

「咦？呃，這個我也不知道……」

女員工移開視線。

領頭的男人突然揪住員工的前襟，單手將她舉起。

「妳別以為自己有緘默權，小心我把妳吊起來。」

「──！」

「我們永遠都是正確無誤。妳難道想反抗奉王命行事的『盔甲師』梅瑞狄斯嗎？妳明明也是王的子民，要是妳想反抗那就太遺憾了。妳就帶著懺悔的淚水，看著自己的手指被拔斷吧。」

自稱梅瑞狄斯的男人一抓起女員工的手指，她隨即發出細微的聲音。

「在、在七樓……」

將女員工扔在地板上後，ＣＩＭ的成員們陸續進到公司內部。

沒有時間可以浪費了。假使和他們撞見，到時有可能會引起大麻煩。

克勞斯回到二樓搭上抵達的電梯，和愛爾娜一同前往七樓。出了電梯後，他為了讓電梯無法被使用，事先將刀子夾在門縫間。

七樓有一個門上寫著總編輯室的房間。

克勞斯命令愛爾娜留在原地待命，自己則沒敲門就進入室內。

室內有一名男性單手拿著無柄杯，站在窗戶旁。他津津有味地啜飲液體，往下望著窗戶下方。他大概正在看聚集在底下的那群人吧。

他喃喃說了句「喔，已經來了啊」，一派悠哉地轉過身。

那是一名年約四十歲中段，臉上長滿鬍渣的男人。身上穿著舊夾克，用笑瞇瞇的表情望向這邊。

雷蒙．阿普頓總編輯。

他似乎正是刊登莫妮卡那則報導的主謀。從二樓員工的反應來看，他應該是拿權力作為要脅，強行刊登。

「嗯？你該不會不是ＣＩＭ吧？」

他盯著克勞斯，一臉愉悅地撫摸下巴的鬍鬚。

「有意思。你是哪裡來的？難道是別國的間諜？」

「我沒有理由回答你。」

「既然如此，那我也是。」

雷蒙聳了聳肩膀。

「……你八成是對那篇報導感興趣吧，不過我無可奉告。就算是要我的命也一樣。」

「看來你似乎下定很大的決心呢。」

「那當然。不過，我也是有信念的。有著將這個國家導向正途，身為新聞記者的自豪。你要殺就殺吧，那樣反而更能增加報導的真實性。」

「……你不怕連累家人？」

「我沒有家人，也沒有任何朋友。」

即使受到克勞斯威脅，雷蒙的態度依舊不變。這個男人感覺相當有膽識。他一副像要展現從容般，悠哉地啜飲杯中物。

根據以往的經驗，基於信念採取行動的人通常很棘手，一般的威脅或收買是行不通的。如果只是拿槍指著他，他恐怕連一滴冷汗也不會流吧。

「死心吧，ＣＩＭ很快就會來了。」

雷蒙愉快地笑道。

「你應該很傷腦筋吧？不過你放心，我也不打算將情報來源告訴ＣＩＭ。無論接受何種拷問都一樣。」

ＣＩＭ似乎發現電梯不會動，正沿著樓梯趕上來。從房間外面傳來的腳步聲慢慢變大。距離他們抵達大約還有兩分鐘。

「原來如此，是自豪的問題啊。」克勞斯左右搖頭。「既然這樣，那沒辦法說服你了。」

「是啊。雖然我不知道你是哪來的間諜，不過今後還望提供好題材——」

「我準備了臨別贈禮要給你。是楚楚可憐的少女喔。」

克勞斯彈響手指，愛爾娜隨即進到總編輯室裡。金髮美少女面無表情地朝雷蒙行了個禮，站在他身旁。

克勞斯取出手套，戴在右手上。

接著拿出轉輪手槍——狙擊愛爾娜。

鮮血在總編輯室裡飛濺。

愛爾娜以沙啞的聲音喃喃地說「不幸……」，之後便吐著血倒臥在地板上。倒下的方式毫無生氣，彷彿當場死亡了一般。

「啥——？」

雷蒙錯愕地張大嘴巴。

克勞斯將殘留硝煙味的手槍扔向雷蒙的胸口，確認他反射性地用手接住後，一副目的達成似的點點頭。

「那麼我要走了。沒能親眼目睹你是如何向見到這個現場的ＣＩＭ解釋，實在令人感到遺憾。你就以涉嫌殺害少女的罪名被逮捕吧。」

克勞斯挑釁地說。

「不過這麼一來，還會有誰相信你的報導呢？」

雷蒙急忙丟開手槍，滿臉吃驚地接近愛爾娜。他本想用顫抖的手指觸碰，卻在那之前踩到在地板上擴散的鮮血，嚇得發出驚叫、連忙退開。

看樣子，就連記者也沒有多少機會能夠見到遺體。

「喂、喂，該不會……」

「聽到那聲槍響，我想ＣＩＭ應該很快就會趕到了吧。還剩下三十秒。那篇灌注你全副靈魂的報導很快就不會有人理會，只會被當成殺人犯的胡言亂語。」

「……！」

「失去一切吧。身為記者的自豪、尊嚴，還有地位。」

克勞斯冷淡地說完，便將倒地的少女和雷蒙留在房內，轉身離去。要逃離這裡非常簡單，只要從屋頂跳到隔壁大樓就好。

ＣＩＭ的人們衝上樓梯的腳步聲漸漸加大。

雷蒙的臉上開始冒出大量汗水。

確認完這一點的克勞斯正準備逃跑時，手臂突然被人抓住。

「…………拜託你帶我走。」

雷蒙神情苦悶地向他哀求。

◇◇◇

克勞斯跑過大樓的屋頂，將雷蒙帶到事前租下的一間公寓。

大概是抓著克勞斯的身體在大樓間跳躍移動的關係吧，雷蒙全身是汗，有一陣子都無力地癱在餐椅上。他豪邁地牛飲克勞斯遞來的水，大口嘆氣之後開始抱頭苦思。

「……不對，冷靜想想，我有必要逃跑嗎？扳機上應該沒有我的指紋才對……可是，找藉口搪塞好像也行不通……」

隨著時間過去，他似乎恢復了冷靜。一般人只要見到遺體，任誰都會陷入恐慌，判斷錯誤是很正常的事情。

「不管怎樣，逃跑才是對的。ＣＩＭ的盤問遠比你想像中來得殘酷，那不是憑藉信念所能忍受的程度。」

回想起「貝里亞斯」據點裡的那些拷問器具，克勞斯不認為有人能夠受得了那種折磨。

「…………是這樣嗎？」

「我不會譴責你。你是秉持保護國家的信念而行動，儘管立場和想法不同，我還是沒辦法討厭你。我並不打算繼續加害你，對你不利。」

雷蒙困惑地搔著頭說：「要我怎麼相信殺人魔的話啊。」

「你還沒有發現嗎？」

「嗄？」

「我怎麼可能真的殺人。那是演出來的。」

才剛這麼回答完，公寓便響起敲門聲。

克勞斯打開門，換上乾淨衣服的愛爾娜走了進來。

「老師，讓您久等了呢。」

「啊啊啊啊啊啊啊啊啊啊啊啊啊啊啊啊啊啊啊啊啊啊！」

雷蒙慘叫似的大喊，癱軟地坐在地板上，一副好像很懊悔的樣子。「真的假的……我居然沒有發現……」他嘴裡喃喃地呻吟著。

這也是沒辦法的事，畢竟愛爾娜非常擅長演出遭遇事故和事件，外行人要看穿幾乎是不可能的。

——自導自演的慘劇。

再加上她本身可愛的外表，於是成為了相當強大的詐術。

克勞斯對愛爾娜稱讚一句「做得很好」，從冰箱取出事先準備好的蛋糕給她，然後站在雷蒙的面前。

「放心吧，CIM應該會以為你被綁架了。你的報導不僅能守住誠信，或許還能增添一些真實性。」

「那、那就好……」

「不過，那樣卻可能對我們造成不利。」

克勞斯語帶威脅地說。

「我們會視情況，請你做出否定那篇報導的聲明。」

「你、你們究竟是什麼人……」

「說吧，你是從哪裡取得那張照片？是你拍的嗎？」

「…………」

雷蒙移開視線，像要改變話題似的四處打量公寓，然後嘆著氣問：「我可以抽菸嗎？」

克勞斯瞥了愛爾娜一眼。

愛爾娜雖然瞬間露出厭惡的表情，但還是握著拳頭點頭。她好像願意忍耐。

將打火機遞給雷蒙後，他從胸前口袋取出鐵製菸盒，把香菸叼在嘴裡。然後點燃香菸，深深地吸上一口後再長長地吐出。

「我說過好幾次了，我沒辦法透露情報來源。」

「這樣啊。」

「不過，我很中意你。要是你肯接受我的條件，要我透露一部分也是可以。但若是你無法接受，那就乾脆當場殺了我吧。」

雷蒙叼著香菸，舉起雙手表示投降。

「說說看你的條件是什麼。」克勞斯催促。「是除了你的人身安全以外嗎？」

「那當然。」

他像在挖苦一般扭曲嘴角。

「把你知道的情報告訴我。現在這個國家究竟發生什麼事了？」

這似乎也是出於他身為記者的使命感。雷蒙的眼神已切換成專業人士的神情。

這是個不錯的提議。和當地的情報通聯手，也是間諜常用的手段。

「你知道名叫『蛇』的諜報機關嗎？」

「……嗯？」

「那是加爾迦多帝國的間諜團隊。之前穆札亞合眾國不是傳出大量殺人的消息嗎？那件事表面上雖然被當成是惡女『小百合・赫本』的暴行處理，實際上卻是『蛇』幹的。」

克勞斯頓了一下才又開口。

「達林皇太子的暗殺事件也和這些傢伙有關。」

「……你的根據是什麼？」

「這是我從ＣＩＭ的好友那裡聽說的確切情報。你知道這號人物嗎？特務機關『貝里亞斯』的首領，『操偶師』亞梅莉。我和她交情甚篤，這陣子還同住一個屋簷下。」

克勞斯混入一些謊言，並將從燒燬的卡夏多人偶工坊搶來、有著ＣＩＭ簽名的幾個檔案遞給他。

「我不能再透露更多了。接下來換你說了。」

雷蒙定睛注視著克勞斯，好像在確認他是否值得信任。他也望向愛爾娜，花了不少時間斟酌推敲。

他吐出的香菸煙霧在房裡擴散，愛爾娜不悅地捂住鼻子。

「不要告訴別人喔。」雷蒙壓低音量。

「報導的情報來源是——少女。一名美得令人驚豔的少女。」

「外表的特徵是什麼？」

「我沒有看得很清楚，因為她只有露臉一下子而已。不過，那張照片確實是她提供給我的。」

愛爾娜吃驚地看著克勞斯。

「老師，那人該不會……」

克勞斯始終保持沉默。

除了我方陣營外，目前潛入芬德聯邦的間諜中稱得上少女的只有一人。溫德在瀕死之際留下了訊息。將「鳳」導向毀滅的一人。
讓帶著傷痕的雙肩外露的少女——「翠蝶」。
儘管還無法確定，但的確有這個可能性。
愛爾娜一臉苦惱地喃喃道「……『蛇』終於現形了呢」，反觀雷蒙則滿面喜色地繼續說。
「——她即將成為新秩序的領導人。」
很快就抽完第一支菸的雷蒙，從愛爾娜手中搶過她用完的蛋糕盤當作菸灰缸，將香菸按在上面捻熄。
「那名少女現在正準備帶頭在芬德聯邦成立新的反政府勢力。現在的政府不值得信任，因為就連我們都發現到有賣國賊潛入了中樞。為了守護女王陛下所統治的這個國家，我們需要有新的力量。」
這則情報讓克勞斯聯想到某件事。
「……我聽說現在以黑幫為主的武裝集團正在集結，是那個嗎？」
「哦，原來你知道啊？但是嚴格來說，不只是黑幫，裡面也有幾名像我一樣的記者。」
雷蒙揚起嘴角。
「組織的名稱是——『烽火連天』。」
不曾聽過的名字。

雷蒙再次取出菸盒，抓起新的香菸。

「我能說的就是這些了。好了，如果你還想要更多情報，這次就換你——」

「等一下。」

「嗯？」

「我問你——那個菸盒也是少女給你的嗎？」

克勞斯對他投以凌厲的目光。

「嗯？你怎麼知道？」雷蒙訝異地問，結果克勞斯明瞭地回答。

「底部裝了發訊器。」

我方的行動被洩漏出去了。

克勞斯從錯愕的雷蒙手中搶走菸盒。銀色鐵盒的厚度十分不自然。他用手指粗暴地破壞之後，裡面的機械便顯露出來。

愛爾娜站起身，微微地抽動鼻子。

「老師——！」

「我知道。」

隨後，房間的窗戶破裂，某樣東西被扔了進來。

——手榴彈。

身體反射性地動了起來。克勞斯揪住雷蒙的頸子，跑到房間深處，然後弄翻屋內的餐桌當作簡易的屏障。他將「啊？」地驚呼的雷蒙的身體往後推，摟住愛爾娜的肩膀，壓低身體。

爆炸發生。

手榴彈不是藉由爆炸本身，而是利用爆炸時飛散的碎片殺傷人的武器。只要沒有被碎片直接擊中，就能避免受傷。

但是反過來說，假使閃避失敗，恐怕就會沒命吧。

爆破的衝擊力將窗框震飛，讓人可以清楚看見對面的建築物，以及大方站在建築屋頂上的人影。

「咦……」雷蒙發出哀號。

他應該也認得才對。主角是那名人物的照片，應該還清晰地存在他的記憶中。

克勞斯抖落身上的塵土，移動到窗邊。

「妳終於現身了啊。」

建築物的另一頭，站著一名眼神冷酷的藍銀髮少女。

發動攻擊的似乎是她沒錯。

愛爾娜一臉泫然欲泣，雙腿無力地跌坐在地板上，接著用顫抖的嘴唇喃喃地說。

——說出剛才企圖殺害克勞斯等人的敵人之名。

「莫妮卡姊姊……？」

莫妮卡渾身殺氣地站在那裡。

她用像在窺視的眼神俯視著這邊，動也不動，右手裡還緊握著手槍。

「幸會，莫妮卡——『蛇』將完美無缺的絕望送來了喔。」

面對突然現身、來歷不明的少女，莫妮卡很快就採取了行動。她在高舉的手槍扳機上施力，不由分說地迅速射擊。

她對少女特地報上名來的意圖不感興趣。因為在少女說出那個名字的當下，她就已經是敵人了。

——令迪恩共和國陷入混亂的「燈火」的宿敵。

必須打倒。使其無法戰鬥，然後毫不留情地盤問她，讓她吐出情報。這才是「燈火」面對「蛇」的正確應對方式。

「哦～」

翠蝶的動作十分輕盈。

特長為連續射擊的雙動式轉輪手槍。她以最低限度的移動，避開瞄準肩膀射出的子彈。

沒有誇大的動作。她只是扭轉一下身體，子彈便從她的身旁穿過。

「不、由、分、說！是這個意思嗎？」

她的表情一副游刃有餘的模樣。

「啊嘻嘻！好強悍喔～不過身而為人，這樣好像不太禮貌吧？」

「對你們不需要有禮貌。」

莫妮卡不想再繼續無謂的對話。翠蝶像在煽動自己的態度也令她感到不愉快。她已經受夠了。

莫妮卡判斷在這個距離下開槍只會被閃避掉，於是決定縮短距離。

她一邊觀察敵人的動靜，一邊踏出右腳。

「吶，莫妮卡。」

翠蝶朝著正打算突擊的莫妮卡，露出嘲笑般的笑容。

「——妳戀愛了對吧？」

莫妮卡反射性地停下動作。

「妳說什麼……？」她強忍住內心的動搖，望著對方。

「蜜知道喔～因為在蜜的身邊，有人超級擅長做這種下流的推測～」

她開始緩緩地擺動手臂，簡直就像在跳舞一樣。少女有著四肢細長，適合當舞者的體格。

「那人比起堅強更愛軟弱；比起優點更偏好缺點；比起秩序，更喜歡活在混沌之中。個性沒用、卑鄙又惡劣，而且品味還很差，是個爛到不能再爛的傢伙。」

「…………」

莫妮卡依舊用手指勾著扳機，聆聽少女說話。她認為既然得意忘形的對手要自行吐露「蛇」的情報，那麼聽聽倒也無妨。

然而，她卻發現自己因為翠蝶的下一句話而失態了。

「——妳喜歡『花園』百合對吧？」

回過神時，莫妮卡已經開槍。

但是朝著翠蝶頭頂飛去的子彈，卻被意想不到的礙事者擋了下來。

一名男子忽然從旁邊現身，用看似盾牌的東西彈開子彈。

莫妮卡改持小刀想要追擊，卻見到好幾名男女現身阻擋在翠蝶前方。

「非常完美。」翠蝶在他們的保護下說道。「啊嘻嘻！妳的反應很不錯耶！看來蜜好像說中了？」

身穿黑衣的六名男女。從他們的樣子，一眼就能看出並非等閒之輩。受過訓練的精實肉體。而他們最大的共通點，就是死氣沉沉、黯淡無光的雙眼。

莫妮卡心裡有數。

「！這些傢伙是——！」

「『工蟻』——他們是紫蟻先生的傭兵喔。妳應該知道吧？」

莫妮卡親身體驗過「工蟻」有多棘手。

為了忠實執行王的命令，無時無刻專心訓練，一旦失敗便會立刻自殺。「蛇」的一員——「紫蟻」利用精神支配所製造出來的軍隊。

受他掌控的「工蟻」仍存在這世界上，為「蛇」效命嗎？

「在下可先聲明，你們的主人已經被捕了。」

「沒用的啦。光憑那點程度，是解除不了紫蟻先生的支配的。」翠蝶微笑著說。

她說得沒錯，他們黯淡無光的表情並未改變。他們可能從一開始就不相信莫妮卡的話吧。

莫妮卡調整呼吸。

無論如何，這下可以確定這次的事情和「蛇」有關。既然如此，那就可以推理出另一件事。

「『鳳』會毀滅是你們搞的鬼嗎？」

莫妮卡說道。

「在下大致猜出來了。你們在背後操控『貝里亞斯』，摧毀了『鳳』。然後又潛入『貝里亞斯』周圍，暗中觀察到處搜索的咱們，對吧？」

「妳腦筋動得很快耶，真厲害～」

翠蝶面露微笑。

她似乎也是在那段期間看穿莫妮卡的愛慕之情。

沒有發現自己遭人暗中觀察的這個事實，令莫妮卡懊悔不已。但是，這也是沒辦法的事，畢竟不是所有人都能像克勞斯一樣察覺到氣息。只要對方逃離克勞斯、只監視少女們，那麼沒有發現也是難免的。

然後，「蛇」裡面似乎有像克勞斯一樣，能夠看穿他人情感變化的專家。

翠蝶一度命令周圍的「工蟻」退下，一步步走上前來。

「蜜等人是這麼想的——燎火很礙事。他今後必定會阻擋在蜜等人面前。不過，蜜也同時領悟到——要殺死燎火是不可能的。」

「……哦，妳倒是挺乾脆嘛。」

正當莫妮卡感到意外時，只見翠蝶神情沉穩地點點頭。

「嗯，蜜承認這一點，畢竟他連紫蟻先生都打敗了嘛。他真是一位好誇張的間諜喔。啊嘻嘻，根本就已經到卑鄙的程度了～一般間諜得花半年以上的任務，他只需要幾天就能達成。果不其然，連『鳳』毀滅的原因是『貝里亞斯』這件事，他也很輕易就查出來了。」

「…………」

「但是——他不是萬能的。」

翠蝶露出嚴肅的表情。

「重點在於，有些任務他也得『花上數天』才能解決。只要同時拋出好幾個這樣的難題，製造出任誰都無法預測的混亂狀況，即使他再厲害也有辦法絆住他。」

「……妳要怎麼做？」

她將修長的手指抵在自己的嘴唇上。

「今晚，達林皇太子將遭到暗殺。」

「——！」

「隨時隨地都先發制人。蜜要在燎火討伐『貝里亞斯』之前引發新的問題。」

莫妮卡只覺得她瘋了。

完全無法理解他們究竟有何企圖。如果殺死芬德聯邦的王族，屆時將引發無可挽回的混亂局面。

「為什麼……？」莫妮卡呻吟道。

「不能告訴妳～不過呢，那位王子會被殺死是有理由的。因此，燎火會為了調查事件的背景而更加處於被動的形勢。」

「不是，在下首先想問的不是那個！」

莫妮卡拉高音量。

不祥的預感在心中蠢動。本能感應到大事不妙的她不禁大聲起來。

「──妳告訴在下那件事是有什麼意圖？」

「…………」

「他國王族是死是活，在下一點也不在乎。但妳若是那麼做了，芬德聯邦和加爾迦多帝國將會爆發戰爭。妳難道想讓自己的國家這次真的滅亡嗎？」

莫妮卡雖然與帝國的間諜為敵，但並沒有把全帝國國民都視為敵人。

即使是他國事務，她也不希望見到戰爭發生。

因為戰火說不定會再度延燒到迪恩共和國，更重要的是，她不是一個見到無辜百姓死去還會為此歡欣鼓舞的人。

翠蝶滿不在乎地笑答。

「放心，沒問題的啦～蜜會讓迪恩共和國的間諜背負暗殺嫌疑，絕對不會讓人認為暗殺行動是出自加爾迦多帝國之手。」

「……！妳想嫁禍給『鳳』嗎？」

莫妮卡咬住嘴唇。

「原來如此，所以妳才會襲擊『鳳』——」

「不是啦。」

「嗯？」

「要背負暗殺達林皇太子之嫌的不是『鳳』。雖然一開始的確是這樣沒錯，不過後來蜜決定要換一名犧牲者。」

翠蝶歪著頭說。

「——『花園』百合。她將成為暗殺達林皇太子的嫌犯。」

莫妮卡有好一會兒無法理解少女的話。

為什麼實力那麼差的少女要背負如此滔天大罪？

「……………荒唐至極。」

「但這是有可能辦到的喔。畢竟CIM確實隨假情報起舞，攻擊了『鳳』。」

此話所言不假。

經過「燈火」的一番搜查，已經確定是CIM的部隊「貝里亞斯」襲擊了「鳳」，襲擊這支完全沒打算加害芬德聯邦的團隊。

只要翠蝶有那個意願，就有可能辦到。

——無論是暗殺芬德聯邦的王位繼承人達林皇太子。

——還是讓「花園」百合背負這條世紀大罪。

全身上下開始冒汗。莫妮卡雖然很想立刻殺死眼前的少女卻無法出手，因為在這個地方的「蛇」未必只有「翠蝶」一人。

「假使真的發生那種事——」

莫妮卡勉強反駁。

「——克勞斯先生會保護百合到底。」

拋棄尊嚴，將事情推卸給別人的回答。

儘管莫妮卡握緊拳頭，覺得這樣的自己好沒出息，但如果是他就可望打破任何危機。仰賴他來解決困難也是「燈火」的最後手段。

翠蝶不客氣地吐出一句「好無聊的回答」。

然後一副早就料到莫妮卡會這麼說地搖搖頭。

「吶，莫妮卡，請用妳那顆焦急到快發瘋的腦袋仔細想想。燎火這次會避免和ＣＩＭ產生全面衝突——是為什麼？他若是有那個意願，明明可以獨自一人將整個『貝里亞斯』摧毀掉，然而他為什麼沒有那麼做呢？」
她說得沒錯。
這次克勞斯避免和ＣＩＭ全體敵對。「燈火」的目的是捕獲「貝里亞斯」所有人，不被ＣＩＭ其他團隊察覺，而如今他們也已準備就緒。
翠蝶泛起微笑。
「答案非常簡單明瞭。那是因為迪恩共和國和芬德聯邦的諜報機關如果起了紛爭，共和國將會慘敗。」
「…………！」
她的猜測非常合理。
掌控全世界許多國家、身為世界第二經濟大國的芬德聯邦，和不過是鄉下小國的迪恩共和國，兩者分配給諜報機關的人才和經費皆相差懸殊。
雙方的國力有著光憑克勞斯一人無法顛覆的差距。
因此「燈火」才會自始至終都審慎行事，避免引發全面性的衝突。
「燎火可是一位道道地地的愛國者喔。證據就是他將『火焰』視為家人一般深愛，而他的家人堅決保護自己的祖國，所以，他身上背負著繼承『火焰』遺志的使命。」
翠蝶斬釘截鐵地說。

「他不可能會為了拯救一名部下，讓自己國家的幾千萬國民暴露在危機之中。」

這句話重重地壓在莫妮卡身上。

讓她不禁聯想起未來最壞的情況。

——假使芬德聯邦命令迪恩共和國將「花園」百合交出來呢？

——假使對外情報室的上司C命令克勞斯將百合交出來呢？

——假使做不到這一點，未來兩國便有可能爆發戰爭呢？

莫妮卡毫無頭緒。

不知道屆時克勞斯是否還會願意保護百合。身為間諜，他也有著冷酷無情的一面。若非如此就無法守護國家。

「……在下再問妳一遍。」

莫妮卡有氣無力地說道。

「…………妳特地告訴在下這些是想做什麼？」

「蜜還以為妳很清楚哩～」

翠蝶伸出手，以彷彿會在耳畔縈繞不去的低沉嗓音回答。

「只要妳向『蛇』倒戈，蜜就保證『花園』百合的性命無虞。」

莫妮卡沒能立刻答覆。

既沒有點頭，也沒能拒絕。她只能緊閉雙唇，在自己深陷的陷阱中痛苦呻吟。

後來，翠蝶又對莫妮卡說了一些話。

她的一字一句，都有著足以動搖莫妮卡內心的強大威力。

結束之後，翠蝶語氣愉悅地說。

「最後是大放送的時間。蜜要給妳看一樣好東西喔。」

她彈響手指，發出清脆的聲音。

——忽然間，槍聲從四面八方轟然響起。

大量槍聲像是圍繞著翠蝶和莫妮卡一般，響徹了黑夜。數量超過十幾二十發的子彈，同時被朝向天空發射。街上到處都傳出驚叫聲。

以示威行動來說，這實在是做得太過火了。

這麼多槍聲響起，警方和CIM應該會立刻出動搜查才對。身為間諜，這麼做只有壞處。

然而，翠蝶卻是一副神色自若的模樣。

「蜜一點都不怕。因為在這個國家無論是警察、CIM，還是政府，都絕對無法對蜜出手。大街小巷到處都潛藏著蜜的手下，蜜只要動一根手指，就能自由自在地操控他們。」

她露出嗜虐的笑容嘻嘻發笑。

「奔、放、不、羈——任誰都無法逮捕蜜。」

◇◇◇

翠蝶離開後不久，天空便開始下起大雨。由於視野變得很差，於是莫妮卡決定中斷監視，返回據點。

「燈火」在休羅市內租了兩間公寓。

少女們將其當成輪班時的休息場所使用。

莫妮卡回來時，公寓裡只有愛爾娜和蘭二人。

愛爾娜從廚房的方向笑著說：「歡迎回來呢。愛爾娜接下來要做飯呢。」人在客廳的蘭則舉手招呼：「喔，莫妮卡大人。在雨中工作真是辛苦妳是也。」

莫妮卡用她們遞來的毛巾擦拭頭髮，在蘭正對面的沙發上坐下。她說出關於「貝里亞斯」據點的情報後，只見蘭神情愧疚地垂下眉毛。

「將任務全部交給『燈火』處理，敝人感到非常不好意思是也。」

「妳要是任意行動才真的會給人添麻煩啦。」

「嗯。敝人今天睡了很久又很熟喔。」

她不知為何得意地交抱雙臂。

莫妮卡甚至懶得開口罵人，就只是一言不發地仰望天花板。

「嗯，莫妮卡大人？」

蘭一臉疑惑。

「妳感覺沒什麼精神是也。若是平常，妳應該會大罵『不准睡』並給敝人肚子一拳啊。」

「…………」

看樣子，現在的自己已經憔悴到會被蘭輕易看穿的地步了。翠蝶提出的提議果然讓人深受衝擊。

莫妮卡用雙手覆住臉，苦思了幾秒鐘。她不能把事情說出來。

——翠蝶在莫妮卡身上裝了竊聽器。

竊聽器在衣領上，我方的情報隨時都被聽得一清二楚。只要訊號中斷，或是收音品質稍有不佳，翠蝶便會將百合的假情報洩漏給ＣＩＭ。

筆談也讓莫妮卡躊躇不決。要是愛爾娜或蘭稍微犯錯就完了。

現在只能敷衍過去。

「在下只是在為了一點不重要的小事而煩惱。」

「喔喔，莫妮卡大人難得如此呢。」
蘭興致勃勃地將身體往前探出。
「吶，妳難道不恨嗎？」莫妮卡問道。
「嗯？」
「假如克勞斯先生是『鳳』的老大，『鳳』說不定就會活下來。妳難道沒有這麼想過嗎？」
「…………」
這是莫妮卡一直都在思考的問題。
從前「鳳」為了讓克勞斯成為自己的老大，和「燈火」起了爭執，最後在直接對決中贏得勝利。可是他們卻認同「燈火」的實力，放棄得到克勞斯的權利。
這個決定是正確的嗎？
倘若克勞斯成為「鳳」的老大，說不定就能避免這場悲劇發生。
原本表情笑瞇瞇的蘭忽然沉下臉來。
「──少侮辱人了。」
她的語氣中帶著強烈怒氣。
「吾等可是下了很大的決心，才沒有讓克勞斯大人成為老大。因為吾等決定要由『鳳』和『燈火』共同拯救國家，對此絕不後悔。」

「……這樣啊。」

「重點不在追究誰該負責。只看結果沒有意義是也。」

蘭一副這個話題到此為止地搖搖手，將身體靠在沙發的椅背上。從她的臉上看不見一絲逞強。

看來，她雖然可能尚未完全從失去「鳳」的傷痛中走出，但已經整理好心情了。

因此莫妮卡什麼話也說不出口。

（……可是蘭，當妳得知真相之後，妳的心意還有辦法如此堅定嗎？）

她低下頭、緊抿嘴唇，不讓表情被人看見。

（在下聽翠蝶說了——「鳳」裡面有叛徒。）

沒錯，翠蝶也有和「鳳」接觸。

「蛇」巧妙地觀察他們，攻擊了他們的弱點。

◇◇◇

——不久前。

提議反叛的翠蝶，用彷彿看穿一切的笑容看著莫妮卡。

『反正莫妮卡妳一定是這麼想的吧?』

像是要看透人心似的泛起微笑。

『——只要姑且假裝背叛,刺探「蛇」的內情就好。』

被她說中了。

也就是所謂的雙面間諜。這是連在培育學校都會開課傳授的常見手法。假裝倒戈後交出無關緊要的情報,藉此討好對方。

當莫妮卡聽見翠蝶的提議時,腦中自然也有閃過這個念頭。

『啊嘻嘻!聰明間諜所想的事情果然都一樣呢,真是有夠笨。』

翠蝶一臉無趣地聳肩。

『「鳳」裡面也有那種蠢材喔——就是「鼓翼」裘兒。』

聽見熟人的名字,莫妮卡不禁倒吸一口氣。

那名有著翡翠色馬尾、戴眼鏡的少女,是「鳳」的參謀。

『蜜向她提議之後,她起初確實答應說要背叛祖國喔。她熱淚盈眶、一副好不甘心地顫抖著拳頭,下定決心答應了蜜~告訴蜜「燈火」成員的名字和長相的也是她喔~』

好意外。裘兒應該一直以來都是懷著身為間諜的自豪,忠實地完成任務,不像是會背叛的間諜。

詢問翠蝶對裘兒提出什麼條件後，她很乾脆地回答。

『保證「鳳」所有成員都能活命。』

多麼真切的願望。

『她是個聰明人喔。她很早就發現芬德聯邦已經腐敗，只有向「蛇」投降才能夠讓「鳳」活命，是不是很了不起？蜜本來還想把她當成用來殺死燎火的棋子，徹底利用殆盡呢。』

翠蝶神情憂鬱地嘆口氣，接著冷冷地說。

『可是，她卻蠢到在緊要關頭背叛蜜。』

莫妮卡回想起拍下「鳳」遺體的照片。

——裘兒是因為脖子被詭異刀具劃破而身亡。

她恐怕不是被「貝里亞斯」，而是遭到「蛇」的某人直接奪走性命吧。

即使是同世代的菁英，依舊沒能突破翠蝶的陷阱。

『她實在太小看蜜了。結果「鳳」全滅，她什麼願望都沒能實現，就這麼死去。』

翠蝶的意思大概是在說，背叛得不徹底只會招來惡果吧。

方才她展現了自身部分的實力。她在芬德聯邦擁有相當多的手下，完全無法判斷哪裡有她的走狗。

『所以，莫妮卡妳可不要讓蜜失望喔。』

一股選擇愈來愈少的毛骨悚然感襲上心頭。

◇◇◇

正當莫妮卡在回想與翠蝶的對話時，「莫妮卡姊姊？」的說話聲傳來。

愛爾娜抱著馬鈴薯，走到了莫妮卡身旁。她用不安的眼神，像在窺視般注視著莫妮卡。

「現在的莫妮卡姊姊果然怪怪的呢。妳還是到隔壁房間休息一會兒比較好呢。」

「……嗯，說得也是。」

「依照預定計畫，老師應該會在大約一小時後回來呢。妳就在那之前去睡一覺呢。」

「…………」

愛爾娜告知的事實令莫妮卡焦慮。

他們好像有用無線電聯絡過了。跟「貝里亞斯」一起行動的克勞斯和席薇亞很快就會回來。

他們回來後將會舉行會議，莫妮卡當然必須參加才行。

（……在下非得和克勞斯先生見面不可。）

一想到這裡，她的心就像被揪住一樣呼吸困難。

現在的她，連愛爾娜和蘭都能看穿她內心的動搖。

蘭悠哉地大大伸展身體，嘀咕一句「這樣啊，那敝人趁現在去洗個澡好了」便朝脫衣間走去。

莫妮卡也說「在下去隔壁房間睡覺了」，緩緩地站起身。

「啊，如果不嫌棄的話——」

愛爾娜像在討好似的說。

「愛爾娜待會兒要來煮特製的湯呢。煮好之後，莫妮卡姊姊要不要也嚐嚐看呢？」

「不用了。」她冷淡地回答。

「……妳真的很累呢。要是覺得很辛苦，不如找老師談談——」

「煩死了，少來管在下！」

莫妮卡忍不住大聲嚷嚷。

轉過身，只見愛爾娜瞪大雙眼，一臉受傷地屏住氣息，甚至還害怕地縮起肩膀。

「……抱歉，在下真的累了。」

莫妮卡移開視線一邊說。

「不過，請妳不要跟克勞斯先生提這件事。不會有事的，在下不想讓他多操心。」

愛爾娜點頭回答「知、知道了呢」，之後便怯生生地逃向廚房。

莫妮卡覺得自己很對不起愛爾娜。

可是卻沒有餘力去顧慮她。

——與克勞斯的會面，正是改變莫妮卡今後命運的分歧點。

◇◇◇

『沒用的啦。』

面對翠蝶再三地威脅，莫妮卡直截了當地說。

『這不是背不背叛的問題，而是在下的背叛根本不會成立。』

『嗯嗯？』

『「燈火」遲早會開會。在下如果不參加會議會讓人起疑，若是參加了就得跟克勞斯先生見面。而一旦碰到面，他肯定就會注意到在下的異狀。』

莫妮卡深知要徹底騙過克勞斯有多困難。

她現在整顆心紛亂不已，要讓克勞斯完全察覺不到這一點、撐過二十分鐘左右的會議是不可能的。一旦感覺到異狀的他開口逼問，莫妮卡就只能乖乖吐實。

『……還是說，妳現在就要逼在下決定背叛？』

『如果是這樣，妳會怎麼回答？』

『在下當然會拒絕。妳的話毫無根據。況且，達林皇太子是否真的即將遭到殺害，這一點也令人懷疑。』

『莫妮卡，妳到現在還在寄望微小的希望啊。也罷，反正答案很快就會揭曉。』

翠蝶輕輕揮了揮手。

『妳可以去參加會議。不過，到時妳可得好好努力喔。』

她一副不耐煩地搖頭。

那副滿不在乎的態度，讓人不知該如何應對。莫妮卡雖然很想說明克勞斯的直覺有多敏銳，但卻又不能主動將情報洩漏給敵人。

翠蝶以尖銳的語氣說道。

『隱瞞這件事——假使妳不希望「花園」百合沒命的話。』

唯獨冷酷的話語深深刺入莫妮卡的心。

◇◇◇

莫妮卡離開愛爾娜二人，在梳妝台前調整表情。

她從未花過這麼久的時間讓心情恢復平靜。她反覆地放鬆表情肌，確定自己已恢復成往常的模樣，並且確認喜怒哀樂等所有情緒的演技都沒有殘留異狀。
儘管她尚未決定背叛，現在也只能乖乖聽命於翠蝶。
她將紊亂的情緒深藏於心中。
過了一陣子，外頭傳來席薇亞回來的聲音。
莫妮卡最後再一次繃緊表情，氣勢洶洶地回到剛才的房間。為了表現出自己很有精神，她大罵一聲「吵死人了！」並朝吵鬧的蘭狠踹一腳。
接著，她向席薇亞探聽情報，試著判斷狀況。
——CIM將「鳳」視為暗殺達林皇太子未遂的嫌犯，正在展開追查。
——就在剛才，達林皇太子已遭人狙擊喪命。
雖然沒有表現在臉上，莫妮卡的心情卻是絕望無比。
（……這下可以確定，翠蝶所說的話並非虛張聲勢。）
翠蝶的威脅的可信度大幅增加了。
莫妮卡以公式化的態度詢問。
「對了，百合現在人在哪裡做什麼？」
「嗯？她在『白鷺館』臥底啊。」
席薇亞不以為意地回答。

跟事前預定好的一樣，百合現在正在舞會大廳內臥底，為了完成在桌子底下毒昏「貝里亞斯」的副官，然後偷偷和葛蕾特交換的計畫。雖然計畫已經成功了，不過她現在好像還繼續在躲藏。

「……達林皇太子遇害時，百合也正躲起來對吧？」

「那當然啦。」

莫妮卡一邊開朗地附和「說得也是」，一邊忍住不要咂舌。

——沒有不在場證明。

百合的職責是躲起來，不被「貝里亞斯」任何人發現。除了「燈火」的同伴外，沒有人可以為她的不在場作證。

好不甘心。在翠蝶提議背叛後不久，莫妮卡腦中馬上就閃過拯救百合的念頭，然而她卻沒有時間那麼做。

這時，敲門聲響起，克勞斯從門後探頭。他簡短說了句「我們回來了」，便和緹雅一起進入房間。

必須再次下定決心不可。

絕對不能被識破。假使裝在衣領上的竊聽器被克勞斯發現，翠蝶將毫不猶豫拋下莫妮卡，而屆時百合將會有生命危險。

——使出渾身解數瞞過克勞斯。

除此之外別無他法。必須拿出身為間諜的全副實力，努力不讓內心的動搖顯露出來。

不能有一絲鬆懈。

不久，會議開始了。成員有克勞斯、莫妮卡、緹雅、愛爾娜、席薇亞和蘭這六人。首先由克勞斯發表和「貝里亞斯」一同行動的感想，以及成為人質的緹雅所打探出的情報。

那段期間，莫妮卡專心一意地保持平靜。

所幸克勞斯並沒有注意到她的異狀。

（…………可是——）

絕對不表現在態度上，暗藏在內心最深處的情感微微地發聲。

莫妮卡望向克勞斯，他正一臉嚴肅地說著今後該如何與「貝里亞斯」應對。

——好希望他能發現。

多麼矛盾的願望。可是一旦有了自覺，這個念頭便猶如潰堤般滿溢而出。

儘管莫妮卡仍繼續努力地演戲，卻不由得沒出息地這麼想。

（什麼嘛，克勞斯先生應該要能夠看透一切才對呀——！）

希望他能察覺。希望他能幫助自己。

希望他能將逐漸被某個深不見底的東西吞沒的自己，拯救出來。

如此自私又天真的願望沒有消失。莫妮卡在傾盡全力掩飾真實心意的同時，仍不禁希望克勞斯能察覺一切，將她從翠蝶手中救出。

沒有其他能夠依靠的人。

她好想對著正在說明今後計畫的克勞斯大喊「現在不是說那種話的時候」。

（為什麼你沒有察覺在下的悲鳴——？）

強烈的情感在內心翻騰。

（為什麼——以前就算在下用盡全力撒謊，你還是能夠識破不是嗎——？）

她一邊在心裡不停尖叫，一邊若無其事地繼續開會。

到頭來，克勞斯還是沒有看出莫妮卡內心的動搖。

他最後就只有鼓勵慰勞同伴一番，然後表明復仇的意願而已，沒有對莫妮卡投以特別的目光。

會議結束後，莫妮卡很快就離開房間。

——即使是克勞斯也無法看穿一切。

這是理所當然的現實，也是無可奈何的事情。要他在異常事態接連發生的任務過程中，看穿部下所有心理狀態才真的是不合理。克勞斯又不是神。

他在會議中，又再次做出聽似想要避免和ＣＩＭ爆發全面抗爭的發言。看來果然連他也想迴避和ＣＩＭ起衝突。

克勞斯不是神的這個事實，粉碎了莫妮卡心中某個重要的部分。

◇◇◇

莫妮卡在大樓屋頂上，靜悄悄地俯視夜晚的街道。

與「貝里亞斯」的戰鬥很輕易就結束了。他們徹底中了葛蕾特的計，以席薇亞為中心設下的圈套全數成功。「貝里亞斯」全員在山裡的工地遭到逮捕。

那是翠蝶給莫妮卡的最後期限。

翠蝶必須在克勞斯從「貝里亞斯」口中打探出真相、展開下一步行動之前，製造出另一場混亂。她大概想要無時無刻將克勞斯弄得暈頭轉向吧。

在卡夏多人偶工坊旁的建築等了一會兒，不知不覺間翠蝶已站在莫妮卡身後。

「讓蜜來告訴妳，蜜希望妳成為搭檔的理由吧。」

她突然這麼出聲。

「——因為妳和蜜很相像。」

見莫妮卡沒有作聲，翠蝶接著說下去。

「蜜接觸過這個世界殘酷無情的黑暗面，所以覺得必須讓大家知道才行，**必須將惡夢深深刻在一無所知的愚民們心中**。從那時起，蜜就自稱是『翠蝶』。蜜在見到莫妮卡那一刻就感應到了喔，知道妳和蜜一樣是想要吐露自身情感的人。」

莫名沉穩的口吻。

不是平時嘲諷的語氣，反而像在跟朋友說話一樣地溫暖。

「其實，即使莫妮卡不背叛『燈火』，『花園』百合存活的可能性也很高喔。畢竟對手是燎火嘛。」

「說得也是。」

「存活率大概是五成或六成吧。」

十分合理的數字。如果是克勞斯，即使和ＣＩＭ正面衝突，他或許也能奪得勝利。可能性照理說絕對不低。

「可是……」莫妮卡喃喃地說。「百合還是有四五成的機率會死。」

她想像過好幾次。想像只要自己向克勞斯求救，他就會為自己全力以赴，就如同他至今好幾度拯救少女們那樣。無論何種逆境他都會幫忙打破。

然而卻還是不能百分之百地保證。

——假使莫妮卡和「蛇」敵對，百合就會有五成的機率死去。

——如果莫妮卡背叛「燈火」，百合便確實能夠得救。

當被迫從中做出抉擇，莫妮卡心中自然而然有了答案。

「回答在下三個問題。」莫妮卡說。

「請說。」

「第一個問題，克勞斯先生為什麼沒能識破在下的演技？」

翠蝶神情愉悅地泛起笑意。

「嗯？應該是因為妳的演技很好吧？」

「那點演技騙不倒他的。妳是不是做了什麼？」

儘管對「蛇」仍有許多不明瞭之處，但是已經可以確定他們之中有人擁有一般想像不到的技能。像是對好幾百人進行精神支配的紫蟻，以及識破莫妮卡的愛慕之情的神祕人物。

由此可以猜測，翠蝶也擁有某種特殊的能力。

她露出曖昧的笑容，聳了聳肩。

「現階段蜜還不能向妳透露個人情報耶。」

「啊，是嗎？那第二個問題就算了。」

莫妮卡想要知道「蛇」的目的是什麼。他們不惜暗殺達林皇太子、製造出戰爭的火種，究竟有何企圖？但是，翠蝶不可能連這個也透露。

——莫妮卡得先以行動來表示自己的決心。

翠蝶表現出這樣的態度。

「第三個問題，妳要在下做什麼？」

「蜜還以為不說妳也會知道耶？」

聽到翠蝶挑釁的發言，莫妮卡微微嘆息。

她當然明白。「蛇」會想要得到她的理由只有一個。

——問題：什麼方法可以殺死所向披靡的無敵間諜？

——答案：當然就是由非敵人的人展開攻擊。

翠蝶甩動自己的頭髮，朝莫妮卡走來，然後輕輕地將頭髮纏在莫妮卡的脖子上。她那副天真無邪的模樣，就跟在辦家家酒的小女孩一樣。

「總之，可以請妳先從攻擊同伴開始嗎？蜜想要見識妳的決心。」

翠蝶一走開，纏在莫妮卡脖子上的頭髮便滑溜地解開。

「毀掉一切——只要妳最終能夠辦到這一點，蜜就保證『花園』百合的性命無虞。」

莫妮卡在做出回應之前，閉上了雙眼。

在黑暗中浮現的，是在陽炎宮的一幕幕回憶。

和我行我素到令人傻眼的克勞斯相遇。一開始集合遲到，讓人大吃一驚的愛爾娜。嫉妒勇於追愛的葛蕾特，與身體能力優秀的席薇亞比試過好幾次，被不按牌理出牌的安妮特耍得團團轉。

指導個性膽小卻逐漸展現出上進心的莎拉，因身為間諜的想法不合而數度與緹雅對立。

然後是無論身處何種逆境，總是不斷激勵同伴的百合。

該選擇什麼、捨棄什麼。這個世界沒有美好到能夠讓人得到想要的一切。

「知道了啦——」

必須清楚明白地說出來。

無論那是一條多麼艱難的道路，也必須為了理想邁步前行。

「——就由在下來殺死『燎火』克勞斯。」

於是，慘劇的時刻來臨。

莫妮卡站在對面的建築屋頂上，以冷酷的眼神望著這邊好一會兒，之後便轉身離去。那副模樣，就像是她已經沒有理由再待這裡了。

「莫妮卡……」

爆炸讓外面的人們騷動不安。現在的休羅市民對於爆炸聲和槍響十分敏感，不斷有人尖聲詢問是不是又有人被殺了。

看來現在不是悠哉的時候。

「愛爾娜，妳來向這個男人探聽情報。我去追莫妮卡。」

朝深深點頭的愛爾娜，以及嚇到還站不起來的雷蒙一瞥，克勞斯從遭到爆破的窗戶跳了出去。

雖然背後傳來「愛、愛爾娜雖然怕生，不過現在也只能加油呢」、「呃，就只有妳這樣的小女孩留下來，我也覺得很困擾……」這樣困惑的說話聲，但是他現在無暇理會那麼多。

莫妮卡應該還沒走遠。

可以預料的是，她是沿著建築的屋頂移動。因為她現在就像被通緝了一樣，沒辦法走公共道路。

克勞斯也在屋頂和屋頂之間跳躍移動。

沒一會兒，他很快便發現莫妮卡的身影。彼此相隔約莫一百公尺，不是追不上的距離。她正遠離市中心，朝著人潮和建築逐漸減少的方向前進。

莫妮卡的舉動不像是想要甩掉克勞斯。

（……我很顯然是被引誘了。）

若非如此，她沒有理由那麼大方地現身。

十之八九是陷阱吧。

（但我也只能繼續追下去……這恐怕也在她的預料之內……）

兩人一起達成過許多任務，她應該非常了解克勞斯的個性。

不久，莫妮卡進入到一棟建築內。

那是一間大教堂。兩座尖塔並立，尖端上分別掛著閃閃發亮的金色十字架。大概是已經沒有人在管理了，教堂的牆壁和屋頂上有著明顯的汙漬。

克勞斯也跟在莫妮卡後面，從正面進入其中。

內部構造十分氣派。

由貫穿中央的中殿，以及在中殿左右兩側相連的側廊構成直線。直線的兩端有耳堂向外突出，讓整棟建築呈現十字架的形狀。天花板高挑，支撐天花板的柱子勾勒出美麗的弧形。牆邊則排列了六間禮拜堂。

這棟建築作為教堂的職責似乎已經結束，感覺已荒廢了一段時日。聖殿的特色是除了長椅外也有桌子。

然後是和這裡不相稱的——硝煙味。看來似乎有不少重火器被搬運來此。

克勞斯筆直地沿著中殿前進，一邊詢問：

「這座教堂是什麼地方？」

「這裡是以前的學校。」

回應聲傳來。

莫妮卡在教堂內閃閃發亮的彩繪玻璃底下，得意洋洋地笑答。她一派傲慢地穿鞋站在講壇上。

在龜裂的木頭講壇上，她開始口若懸河地說道。

「說起休羅這座城市，這裡可是全世界數一數二的高人口密度地區。一個世紀前，農業技術的急遽進步使得許多農民失去工作，那些失業者於是移居都市，在工廠從事辛苦的勞力工作。當然，孩子們也是如此。直到工廠法制訂完成、明文禁止僱用童工之前，平民的孩子們根本沒有餘裕可以學習。」

莫妮卡靜靜地開口。

「這裡的神父聽說為了那些孩子，在教堂內設立了學校，讓下層階級的孩子們可以來這裡學習讀書寫字。」

也就是所謂的主日學校啊。仔細一瞧，聖殿裡的長桌上殘留著筆跡，雖然這裡無論是作為學校還是教堂的職責都已經結束了。

莫妮卡語帶挑釁地說。

「——來替在下上課吧，克勞斯先生。」

克勞斯持續前進，不久來到講壇前方。

與她之間的距離不到十公尺，是一瞬間就能縮短的距離。可是，此時此刻卻感覺前所未有的遙遠。

「我就單刀直入地問了。」

克勞斯開口。

「為什麼要背叛『燈火』？妳應該是有情非得已的苦衷吧？」

說話聲在教堂內微微反響，聽來格外響亮。

莫妮卡瞇起雙眼。

「這個嘛，如果硬要說的話——」

她像在自嘲般扭曲嘴角。

「——大概是因為克勞斯先生沒有關注在下吧？」

她的語氣會聽來哀傷，難道是我想太多了嗎？

克勞斯雖然希望莫妮卡再多做解釋，但是她似乎沒打算那麼做。她身上散發出來的敵意愈來愈強，讓人感覺周圍的氧氣濃度正慢慢下降。

莫妮卡從藏在腰間的槍套中取出手槍。

「在下不能再說下去了，因為克勞斯先生可是一名間諜。」

「是啊，我明白。」

克勞斯也取出刀子。

「情報是靠搶奪，而不是請對方讓出來的。」

事到如今，已經不可能靠著言語溝通將事情圓滿解決。

即使抱持那樣的期待，恐怕也只是徒勞。她是懷著強烈的決心，在這裡等待克勞斯前來。

克勞斯所能做的，就只有全力以赴——將她擊倒。

克勞斯小小地吸了一口氣。

「莫妮卡，勸妳要投降就趁早，我不忍心攻擊自己的學生。」

「你還真是自以為了不起耶。你難道絲毫不認為自己會輸嗎？」

「一點也不。」

「真傲慢啊。克勞斯先生，在下總覺得你只要面對敵人，個性就會變得粗暴耶。」

「真要說起來，其實這才是我的本性。」

「是喔，可是你平常明明那麼穩重。」

「畢竟是面對自己的學生啊。」

「這樣啊。吶，克勞斯先生，咱們要不要趁這個好機會，將以前一直沒能說出口的真心話吐出來？這樣做起事來感覺也比較痛快，不會綁手綁腳的。」

「說得也是。仔細想想，我和妳實在很少互相吐露心底話。」

很像是她會提出的點子。

莫妮卡和克勞斯同時開口。

「喂，臭老師，你在『火焰』裡明明就是最小咖的，居然還敢自稱『世界最強』。還有，『鳳』的指導方式要比你好懂兩千倍，在下看你根本就很無能吧？」

「妳這個人說話老愛帶刺。雖然平時總是擺出一副傲慢又囂張的態度，但是卻掩藏不了妳內心的寂寞喔。妳這個愛鬧彆扭的青少女，看我怎麼好好矯正妳的個性。」

戰鬥就此揭開序幕。

莫妮卡朝克勞斯開了一槍，並且幾乎在同時跳向後方。她用鐵絲勾住聖殿上方的拱頂，大幅地和克勞斯拉開距離。

克勞斯躲過子彈後依舊舉著刀子，等待對方採取下一步行動。

（她果然不打算從正面挑戰我啊……）

如果是近身戰，那麼克勞斯的強大無與倫比。

知道這一點的莫妮卡會遠離是必然的。她接下來應該也不會輕易讓彼此的距離拉近，雙方之間勢必會上演一場槍戰。

但是，這裡出現了一個大問題。

——克勞斯不能使用手槍。

即使是日常訓練，克勞斯也絕對不使用手槍。

和刀子不同，手槍基本上無法抑制威力。縱使採取將物品打飛的間接攻擊方式，也有可能不慎中彈。

他不能採取可能會奪走莫妮卡性命的攻勢。

這麼一來，難度自然相當高。對手能夠從遠處單方面地進行攻擊，克勞斯卻沒有遠距離攻擊的手段。

面對擁有卓越才能的莫妮卡，這樣的讓步實在過大了。

——儘管如此，既然想要再次成為她的老師，就不能用槍！

沒有哪個老師會將槍口對準自己的學生。

對克勞斯而言，這是不需要人教的常識。

（……問題是，莫妮卡會毫不留情地利用我的天真。）

克勞斯並不認為那樣很卑鄙。

教導她要利用目標的天真心態的人正是克勞斯。要是不這麼做就傷腦筋了，因為間諜不適用騎士精神和運動家精神。

莫妮卡抵達克勞斯觸及不到的高度之後，將雨腳踩在聖殿的柱子上。

她站在突出的柱子雕刻上，朝克勞斯的方向伸出雙手，用食指和大拇指比出直角，再用雙手組成一個四方形。

就像孩子玩遊戲時會比的拍照手勢。

「……角度……距離……焦點……反射……速度……時間……」

嘴裡喃喃自語的她，輕聲說道。

「代號『緋蛟』——愛戀擁抱到最後一刻。」

喀嚓！的聲音從克勞斯的右上方傳來。

他幾乎是反射性地蹲下。

隨後槍聲響起，子彈從克勞斯的頭頂上方飛過，破壞了隔壁桌子的桌面。

子彈是從和莫妮卡相異的方向飛來。

朝該處望去，只見教堂粗大的柱子上方綁著某樣東西。

（——暗器槍？）

看起來是把步槍。槍被金屬零件固定在柱子上。

（……原來如此，她果然事先裝設了槍枝。）

克勞斯並非完全沒有料想到。他早在進入教堂嗅到硝煙味的那一刻，就察覺到這裡有槍械之類的火器了。

然後，只要仔細觀察步槍，就會發現上面裝了像是齒輪的零件。

發出喀嚓聲的似乎就是那個零件。

（經過一定時間就會啟動嗎……看來子彈是每隔幾分鐘就會發射一發。）

結束分析之後，克勞斯再次看著莫妮卡。

「這就是妳的攻擊方法嗎？真教人意外。妳該不會打算只憑武力壓制我吧？」

「沒有錯。」

莫妮卡靜靜回答的時候，討厭的喀嚓聲又再次響起。

聲音是從正面的講壇傳來。從破掉的板子縫隙間可以窺見槍口。

「──！」

克勞斯用刀子彈開射出的子彈，使其飛向後方。

「反應很快嘛。」莫妮卡笑道。「不過還沒完呢。」

這次是連續兩聲喀嚓，從兩個不同的方向傳來。

克勞斯放棄用肉眼確認，只憑直覺往右邊一跳。子彈緊貼著克勞斯的肩膀飛過，陷進聖殿內的柱子裡。

「——！還有啊……」

他從陷入柱子的子彈來推測步槍的所在位置。雖然很難看清，不過好像是綁在聖殿的牆上。

剛才那把槍的槍口，對準了克勞斯先前所在的位置。

（……好奇怪，莫妮卡明明沒有動，）

她沒有離開聖殿的柱子半步。

（為什麼事先裝設好的槍，會好像瞄準了一樣朝我射來？）

其中的原因，在克勞斯靜靜觀察過聖殿內部後揭曉了。

他之前進來時並不知道。莫妮卡大概為了不讓克勞斯看見，於是特別精心計算過吧。光線的明暗正好形成了陰影。

然而站立位置改變之後，一切就變得明瞭起來。

裝設在聖殿內的步槍並非只有三四把。

「……角度……距離……焦點……反射……………速度……時間……」

他看著彷彿在唸咒語般不停喃喃自語的莫妮卡。

「妳該不會……」

克勞斯才剛開口，她便靜靜地點頭。

「兩百八十四把——這就是教堂內的定時特製步槍的數量。」

步槍並非瞄準了克勞斯。

純粹只是偶然。兩百八十四把步槍分別隨機指向不同的方向。克勞斯方才不過是碰巧身處其中一兩個彈道上而已。

然後，假使莫妮卡所言屬實，那兩百八十四把步槍——

「在這座聖殿內，沒有地方可以讓人生還。」

宣告一出，子彈風暴旋即展開。

在多到無法掌握的喀嚓聲中，子彈開始不斷地被發射出來。聖殿的桌椅遭到破壞，克勞斯能夠躲藏的地方也愈來愈少。猶如怒濤般洶湧澎湃的破壞。來自各個方向的子彈，將整個空間變成一座殺戮戰場。

不絕於耳的巨大槍響充斥教堂。

克勞斯首先必須努力讓自己活命才行。

儘管大部分的子彈都朝和克勞斯無關的方向消失，然而每隔幾秒便會有一兩發確實朝他的身體飛來。他唯一能做的，就是看清子彈的走向，在千鈞一髮之際閃避開來。

他將身體往後一彎，閃避通過鼻尖的子彈。隨後又扭轉腰部，用力蹬地逃離襲來的子彈。

逼不得已時，才只好用刀子彈開。

他用右手裡的刀子彈開快要擊中左肩的子彈，改變彈道。

彈開子彈——這雖然是超一流間諜所具備的技術，實際上卻是用來緊急閃避的技巧。可以的話，克勞斯並不想使用，因為每彈開一發都會讓手腕受到傷害。

每隻手頂多只能連續彈開四發——八發是極限。

子彈風暴持續了好一陣子。他再度彈開子彈。

莫妮卡說得沒錯，這座聖殿裡沒有地方可以讓人生還。

「……妳也想死嗎？」

克勞斯在槍聲瞬間停止時這麼問，結果得到「怎麼可能」的回應。

「你放心啦。」莫妮卡輕笑一聲。「因為在下看得見所有子彈。」

讓克勞斯也不禁懷疑自己眼睛的景象在面前上演。

莫妮卡讓身體輕輕地從柱子浮在半空中，來到地面上。

她之前一直待在柱子上方，克勞斯原本以為那裡是唯一不會有子彈飛過來的地方，沒想到子彈卻也飛向那裡，破壞了柱子的裝飾。

她一派鎮定自若地走在子彈不斷交錯亂飛，宛如地獄的聖殿內。

沒有任何一發子彈朝她飛去。

她似乎掌握了一切。無論是槍的位置、角度，還是射擊的週期。

（……其實我早就知道她的特技是「偷拍」了。）

克勞斯早在挖角她時，便從培育學校的教職員口中得知了一件事。

那就是她能夠利用鏡子的反射，偷看空間內所有物品。

但那只是她的一項技術，並非能力本身。

莫妮卡的本質是——看穿空間內所有一切的計算能力。

「儘管放馬過來啊，克勞斯先生？」

雖然莫妮卡帶著挑釁笑容這麼說，眼前的狀況卻不容許克勞斯上前攻擊。

他憑藉直覺應付從死角飛來的子彈，在中彈前一刻用刀子彈開。

這下右手已經彈開四發了。右手麻痺，暫時無法使用，於是他改以左手持刀。

克勞斯開始微微感到焦慮。

（……感應不到殺氣這一點真麻煩。）

假如這是人發射出來的子彈倒還輕鬆。

因為可以從射擊者的習慣，設法推測出開槍的時間點和軌跡。如果是克勞斯，他可以一邊隨便欺騙對方，一邊逼上前去給對方一記蹴踢。

但是，過往的經驗無法運用在機械式地發射的步槍上。

這是專門用來對付克勞斯的手法。

當然只要花上一段時間，就有可能慢慢記住步槍的位置，可是——

（能夠在聖殿內自由活動的莫妮卡，可以改變槍口的方向。）

和克勞斯保持距離的莫妮卡走近事先裝設好的步槍，利用工具調整金屬零件，持續地修正瞄準方向。

槍口光是偏移幾公釐，彈道便會大幅改變。

兩百八十四把步槍的發射頻率和彈道不斷改變。即使是克勞斯，他也無法在身處子彈風暴的情況下完全掌握。

企圖和莫妮卡拉近距離的他，第十五次遭到子彈阻撓。

他用左手的刀子彈開第八發子彈後，再次改以右手持刀。接下來手腕還能夠撐多久，連克勞斯自己也沒有把握。

莫妮卡跑過聖殿，用鐵絲勾住正面的拱頂，來到拱頂上方。

「休息一下。」

子彈一度停止發射。教堂籠罩在寂靜之中。

克勞斯原先不懂這段空白的時間是怎麼回事，但是見到人在聖殿天花板附近的莫妮卡後就立刻明白了。

她正在拱頂上喘氣，額頭上還冒出大量汗水。她持續調整呼吸，臉上浮現自嘲的笑意。

看來她似乎消耗了不少體力。

也許是即使能夠掌握所有子彈，她依舊承受了巨大的緊張感吧。

但是，趁機攻擊仍令克勞斯感到遲疑。畢竟他同樣消耗了不少體力和精力，況且也不知道槍林彈雨何時會再展開。

克勞斯開口。

「真有妳的啊。」

「居然能夠在短時間內收集到這麼多槍。是『烽火連天』幫的忙嗎？」

「喔，你連這個都知道了啊。」

「妳相當厲害，是我近來遇過最棘手的對手。」

這是發自內心的真心話。莫妮卡的程度不是「屍」、「紫蟻」、「貝里亞斯」所能相比的。

單純憑藉強大力量挑戰克勞斯的對手，甚至沒有資格成為他的敵人。

莫妮卡持續打出最有效的策略。

克勞斯好久沒有遇到如此旗鼓相當的對手了。

「才不是哩。」

結果莫妮卡傻眼地笑道。

「分明就是克勞斯先生你自己把難度提高了。你為什麼不逃？」

「怎麼？妳要放我走嗎？」

「怎麼可能。不過，只要克勞斯先生認真起來，你應該有辦法離開教堂吧？」

「……這麼說也對。」

莫妮卡堪稱子彈結界的戰術有幾項弱點。

第一就是只要逃離步槍設置的範圍，攻擊就無效了。以這次的情況來說，克勞斯只要離開教堂這棟建築就不會有事。比起繼續在子彈風暴中行動，那麼做要輕鬆許多。

「反正你應該也已經想到破解方法了吧？」

莫妮卡繼續說道。

「克勞斯先生也只要改變步槍的方向就好。超出在下計算範圍的子彈遲早會打中在下。」

那應該也算是一項弱點吧。

既然莫妮卡辦得到，克勞斯應該也能讓步槍的槍口偏移才對。

「你為什麼不那麼做？」

「莫名就是不想。」

「……真像是你會說的話。」

「但是既然我就是沒有那種念頭，那也沒辦法。我不想從現在的妳身邊逃開。改變步槍方向這種危險行為就更不用提了。」

假使今天對方是加爾迦多帝國的間諜，他早就毫不遲疑地動手。

可是，克勞斯的價值觀不認為那麼做是正確的。

「硬要說的話。可能是因為我是妳的老師吧？」

在克勞斯的人生中，稱得上老師的共有六人。

傳授他格鬥術的頭號師父「炬光」基德、傳授他間諜精神的「紅爐」費洛妮卡、射擊技術是「炮烙」蓋兒黛、工藝技術是「煤煙」盧卡斯．交涉術是「灼骨」維勒、藝術和料理等技能是「煽惑」海蒂。

如果是他們，應該也會和克勞斯做出相同的選擇。

「身為老師，我的確還不夠成熟。很難說得上有經常關注妳，指導技巧也是差勁透頂。但是再怎麼樣，我還是有身為老師的尊嚴。」

克勞斯直視著她。

「我從來沒有從妳們身邊逃開，一直以來都是正面地去面對妳們。」

莫妮卡像是要逃離克勞斯的視線一般，嘟噥一句「說得也是」便往後方跳開。

「那麼，你願意就這麼死去嗎？」

子彈風暴再起。

裝設在教堂內的眾多步槍同時噴出火花。要避開所有在極近距離下恣意亂飛的子彈，是極其困難的一件事。

克勞斯集中全副精神，在中彈前一刻扭身閃避。

子彈的數量感覺比先前更多了。莫妮卡好像刻意做了那樣的調整。當彈藥用盡之時，地上恐怕會躺著克勞斯或莫妮卡其中一人的屍體吧。

莫妮卡用盡全力使出的計策——定時步槍結界。

若想打破這個結界，即使是克勞斯也必須下定好大一番決心。

「可是莫妮卡，即使如此我還是不能死。」

他定睛望著她，清楚明瞭地說。

「話說回來——我該陪妳玩這場遊戲到什麼時候？」

利用鐵絲移動，飄浮在半空中的莫妮卡不禁屏息。

克勞斯做出的選擇非常簡單。

以全速直線奔跑。他沒有給莫妮卡反應的時間，轉眼便直線跑完與她之間的二十公尺距離。

莫妮卡的反應遲緩，似乎完全沒有預料到他會那麼做。

（——妳當然不可能預料到。）

克勞斯早就察覺她的想法。

（既然妳能夠掌握所有子彈，妳應該就不會想到會有人笨到像是故意要讓子彈打到似的衝過來。）

人在空中的莫妮卡來不及轉身。

克勞斯從正面攫住她的脖子，沒有放慢速度繼續往前跑，然後用她的背部撞破聖殿正面的彩繪玻璃，衝到教堂外面。

成功脫離步槍的範圍。

紅、藍、黃、綠的四色玻璃在陽光照射下閃閃發亮。

「為什麼……？」

在如雨般傾盆落下的玻璃碎片中，莫妮卡錯愕地呻吟。

落地之後，克勞斯鬆開莫妮卡的頸子。她倒在地面上，一臉痛苦地不停咳嗽。大概是喉嚨受到強力壓迫讓她很難受吧。

然而她還是狠狠地瞪著克勞斯。

「……你為什麼可以直線跑過來卻沒被子彈打到？」

「不——」克勞斯拍拍自己的左大腿。「當然命中了。」

「啥？」

莫妮卡目瞪口呆。

紅色鮮血從克勞斯的左腿溢出。銀色子彈刺入大腿骨，埋進肉裡沒有貫穿。

「我早就料到會中個幾發了。不過我當然有特別保護要害。」

「————！」

只要避免重要器官和頭部中彈，就不至於身受致命傷。他是這麼判斷的。

他一共中了三發子彈。右肩和右手是擦傷，左腿則是直接命中。

克勞斯用指甲將擊中左腿的子彈取出，然後用刀子割下一部分的襯衫，代替繃帶包紮傷口。

所幸骨頭似乎沒有異常，基德從前傳授以肌肉承受衝擊的技術派上了用場。但是，這下恐怕有一陣子無法全力活動了吧。

他好久沒有受這麼嚴重的傷了。

「你是白痴嗎……？」

倒在地上的莫妮卡雙唇顫抖。

「既然如此，你怎麼不乾脆逃跑就好？又或是抱著殺死在下的覺悟——」

「關於這個問題，我已經回答過了。」

「………………！」

莫妮卡瞪大雙眼。

教堂的正後方，有一間可能是用來收納祭典用品的磚造倉庫。

克勞斯二人所在的位置是倉庫和教堂之間，四周沒有半個人影。

終於有一個可以好好談話的環境了。

「莫妮卡，關於妳的背叛，我已經大致察覺出真相了。」

克勞斯跪在依舊難受地蹲著的莫妮卡面前。

莫妮卡咬著嘴唇仰望他。

「……那你就猜猜看啊。」

「是為了百合對吧？『蛇』的某人威脅妳，說暗殺達林皇太子的嫌疑接下來將會落到她頭上。我沒說錯吧？」

若是一般的理由，她不可能會背叛同伴。而且假如單純是百合有性命之虞的情況，她應該會立刻找克勞斯商量才對。既然如此，那就只有可能是需要做出高度政治判斷的問題了。

只要將「鳳」的事情考慮進去，很快就能推測出答案。
莫妮卡嘆了口氣。看來是說對了。
「……如果是這樣，克勞斯先生你會怎麼做？」
「擊潰ＣＩＭ。」
克勞斯不假思索地回答。
「即使這是受『蛇』操控所造成的結果，只要他們敢對我的同伴不利，我就絕對不會手下留情。」
當然，他很清楚這代表著什麼意思。
這個選擇背後隱藏著讓讓祖國陷入危機的風險。但是，做法有很多種。在對方要求交出百合之前，克勞斯一點都不打算迴避戰鬥。
「燈火」的同伴們應該也會贊成這個選擇。
「…………」
莫妮卡低下頭，沉默不語。
克勞斯溫柔地將手放在她頭上。
「所以回來吧，莫妮卡。再次回到『燈火』來。」
細節之後再談就好。

在她徹底被「蛇」吞沒之前，將她帶回是首要任務。

「克勞斯先生……」莫妮卡抬頭，輕輕甩開克勞斯的手。「——恕在下拒絕。」

罕見的景象奪去克勞斯的目光，讓他不由得停止思考。

莫妮卡臉上泛起了沉穩的微笑。好似泫然欲泣，又像是滿心歡喜。破裂的彩繪玻璃反射出扭曲的光線，照亮她的臉龐。

克勞斯知道，那副笑容是放棄了什麼的人會露出的表情。

不祥的念頭浮現腦海。

只有她能辦到，而且如果是她就有可能實行的終極手法。

「妳該不會……」

「咱們總算能夠四目相望了。不過，一切已經太遲了。」

必須阻止她才行。即使得打斷她的雙腿，也非將她捉住不可。

但是，莫妮卡搶先採取了行動。

「在下同樣了解你的個性喔，克勞斯先生？」

她以嘲諷的語氣，指著教堂上方。

有人被綁在十字架上。那人的眼睛被矇住，嘴巴也被東西堵住。之前進來時克勞斯並沒有注意到那裡有人。那人被巧妙地遮掩住了。

被綑綁在十字架上的人是葛蕾特。

然後，那個十字架已緩緩地開始傾斜。自底部斷裂的十字架即將連同葛蕾特的身體，一起從估計約有二十公尺的高度墜落下來。

「去救她吧。你應該見過監禁地點吧？她現在身體相當虛弱。」

莫妮卡冷冷地說。

「——再這樣下去，葛蕾特會沒命喔？」

克勞斯連思考「原來妳是為此才挾持她」的時間也沒有。

他立刻轉身背對莫妮卡，全速衝刺。他從莫妮卡的語氣中，感應到非比尋常的真實感。葛蕾特真的可能會死。

莫妮卡落寞的說話聲從背後傳來。

「永別了，克勞斯先生。祝你和葛蕾特平安健康。」

克勞斯忍著左腿傷口益發劇烈的疼痛，朝教堂的牆壁一蹬後躍入空中，將綑綁葛蕾特的繩子砍斷。然後他接住葛蕾特，將她擁入懷中。

「……老大。」

落地後摘下眼罩和塞在嘴裡的東西，便聽見她發出細微的呼喚聲。接著她柔弱無力地抓住克勞斯的手臂，將臉埋進他胸口。

幸好她似乎沒有生命危險。為此感到放心後，他轉頭望向後方。

可是，視線範圍內早已不見莫妮卡的身影。

◇◇◇

葛蕾特瘦了許多。整個人疲軟無力，十分衰弱。大概是身陷攸關性命的危機之中，讓她一直處於精神緊繃的狀態吧。她膽怯地抓著克勞斯的手臂不放，不希望他離開自己身邊。那副模樣讓人莫名感覺像個孩子。

克勞斯從不惜將她逼到如此境地的激烈手段中，感受到莫妮卡強大的決心，不禁什麼話也說不出口。

「老師！」「老大！」「老師。」

不久，其他少女們也陸續來到教堂。

好像是愛爾娜幫忙聯繫的。百合、席薇亞和她一起趕來，她們先是為了克勞斯的傷勢大吃一驚，之後見到在他懷中的葛蕾特，所有人都露出安心的表情。

「緹雅呢？」克勞斯問道，結果百合回答：「她好像正在某處臥底。」

果然如此啊，克勞斯心想。看來推測得沒錯了。

「莫妮卡姊姊呢……？」愛爾娜不安地詢問。

「抱歉，被她給逃了。」

克勞斯簡短回答。

少女們表情僵硬，一副不敢置信的模樣。

「真是不好意思啊。」

「啊，別這麼說。」百合搖搖手。「既然連老師都做不到，那就真的沒辦法了。」

「不，不是那樣的。我是為了自己沒有發覺這種可能性而感到羞恥。」

當他見到莫妮卡死心的笑容時，立刻就察覺了所有真相。

「等等，我或許也該將這視為部下的成長，感到高興才對。妳們幾個總是令我驚奇。」

「……？老師究竟發現了什麼啊？」

「叛徒不只有莫妮卡一人。」

從前少女們曾經告訴他：「如果想要欺騙克勞斯，就只能避免和他接觸。」這是她們所有人的共識。

既然如此，在那個當下就該懷疑積極想要遠離克勞斯的少女了。身邊不就有一個那樣的人嗎？能夠充分活動，將向克勞斯報告的工作交給其他同伴，持續在黑社會活躍的少女。

克勞斯對錯愕的部下們揭曉答案。

「——緹雅也背叛了『燈火』。」

位在眼前的是卡夏多人偶工坊。

建築內僅有少數幾人。葛蕾特、愛爾娜、安妮特、緹雅、亞梅莉、「蓮華人偶」。其他「貝利亞斯」的成員全數遭到拘禁，「燈火」的少女們正在分析「貝利亞斯」所持有的資料。

接下來莫妮卡必須攻擊自己的同伴。

翠蝶以雀躍的語氣開口：

「好了，總之可以請妳開始了嗎，緋蛟？」

她的口氣雖然愉悅，態度之中卻蘊藏著不容他人反抗的威嚇感，而且還刻意在剛才替莫妮卡取名的「緋蛟」兩字加重語氣。

莫妮卡微微嘆息，握緊手槍。

「等等，不需要殺人啦。」

翠蝶輕輕搖手。

這樣的要求對莫妮卡而言是求之不得。正當她感到訝異時，只見翠蝶面露苦笑。

「要是妳殺死同伴，燎火想必會毫不猶豫殺了妳。這麼一來，情勢反而會對我方不利，不是嗎？」

原來如此，莫妮卡恍然大悟。「蛇」果然對克勞斯的個性十分了解。

「……妳只是想要利用克勞斯先生的弱點啊。」

「沒錯，蜜要讓他驚慌失措到極點。」

即使察覺遭到背叛，克勞斯恐怕也不會即刻殺死莫妮卡。他就是這麼天真的男人。畢竟到頭來，他連背叛自己的師父也沒能親手殺死對方。

但是假使莫妮卡殺了其他少女，克勞斯應該就會做出冷酷的判斷。

翠蝶打的如意算盤，大概是想藉不斷遊走在危險邊緣去消耗克勞斯的精力，盡可能提高成功機率吧。

「不過蜜還是希望妳能展現決心耶～」翠蝶嗜虐地笑道。

看樣子，半吊子的襲擊行動似乎無法滿足她。

「──可以請妳最少將一人打個半死嗎？」

莫妮卡默默地點頭。

當然，她早就有此心理準備。

「另外，蜜還希望妳能順便擄走一人當作人質。擄走會讓燎火更加焦慮的公主。」

「……妳真的對克勞斯先生討厭什麼一清二楚耶。」
「因為蜜最喜歡以此要脅別人了呀～」
翠蝶在莫妮卡耳邊低語。
「妳要是敢反抗，『花園』百合就會沒命。別忘了隨時都有人在監視妳喔。」
襲擊時翠蝶似乎也會跟來。
隨便敷衍是行不通的。安裝在身上的竊聽器還沒有被拿掉，要騙過恐怕擁有卓越觀察力的她極其困難。
這是一場測試。
翠蝶說過要莫妮卡展現決心。這場襲擊的目的，是為了確認莫妮卡是否真的會背叛「燈火」。為了贏得她的信賴，不容許有一絲差錯。
——終極的爾虞我詐即將展開。
「去吧。」翠蝶說道。「緋蛟，將漆黑的惡夢刻劃在愚民們身上！」
簡短的號令一下，莫妮卡旋即從大樓屋頂縱身一躍。
她降落在卡夏多人偶工坊前方，從正門闖了進去。翠蝶也跟在莫妮卡身後前來。
她取出小刀在手中轉動，然後用力緊握。
葛蕾特人在正面的會客室裡。手拿資料站著的她轉過身，神情疑惑地歪著頭。

「莫妮卡小姐……？」

她開口。

「……妳之前到底去哪裡了？還有，妳為什麼要拿著武器——」

莫妮卡沒有給她時間把話說完。

她用力朝地板一踏，衝上前用刀柄猛力毆打她的胸口。然後在葛蕾特的身體無力地往前傾的同時，將事先準備好裝有血漿的瓶子壓向她的背部，夾在腋下的位置。

從瓶中灑落的血附著在小刀的刀刃上。

（不對……！）

一股噁心感湧上心頭，令莫妮卡不禁咂舌。

葛蕾特甚至沒能發出半點聲音便昏了過去。

她的腋下夾著輸血用的血漿瓶，橫躺在地。鮮血擴散，看起來就像是背部受了嚴重的砍傷。

見到莫妮卡的偽裝，翠蝶不滿地扭曲嘴角。

「妳還真是手下留情耶～不過算了，考慮到之後還要綁架她，要是把她傷得太嚴重就麻煩了。只要血擴散開來，這樣應該就足以讓燎火驚慌失措了。」

翠蝶開口叮囑。

「不過下一個人——妳可要認真攻擊喔？」

莫妮卡沒有回答。無論如何，她都只能憑藉行動來回應。
隨後，會客室的入口傳來東西掉落的聲音。
是愛爾娜。手中文件掉落的她臉色發白，來回注視倒在血泊之中的葛蕾特，以及一旁手持滴血小刀的莫妮卡。
「莫妮卡姊姊……？」
臉上露出泫然欲泣的表情。
莫妮卡朝地板一蹬，一口氣縮短與愛爾娜之間的距離，接著用小刀打掉愛爾娜遲了一拍才取出的手槍，站在手無寸鐵的她面前。
愛爾娜臉色蒼白，一臉絕望地仰望她。
（不對，不是妳……！）
莫妮卡踢了愛爾娜的腹部。
唾液從她口中流出，溫暖的液體附著在腿上。
愛爾娜輕盈的身體輕易便滾向後方。
然而由於她好像反射性地往後跳，因此減緩了衝擊力。她旋即起身，逃向走廊。愛爾娜離去時臉上的那副表情，好比見到來歷不明的惡魔一般布滿懼色。
莫妮卡握著小刀，動身追趕愛爾娜。

右手殘留著毆打葛蕾特的觸感。

左腿殘留著狠踢愛爾娜的觸感。

轟隆聲在腦中作響。彷彿金屬和金屬彼此激烈碰撞、逐漸毀壞的聲音響個不停。若是能夠順從自體內湧現的噁心感大吐特吐，不知該有多輕鬆。

翠蝶一臉興奮，「不能讓她給逃了～快點追上去」地這麼煽動。

莫妮卡像是受到她的話刺激一般跑過走廊。

背叛同伴，親手破壞至今累積起來的回憶這種行為，無疑等於是在摧毀自己本身。逐漸崩毀的一切產生出劇烈的耳鳴，令眼前漸漸失去色彩。

但是，莫妮卡早已有所覺悟。

為了貫徹決定由自己來守護的信念，她必須在地獄之路上繼續前行。

「莫妮卡——！」

一道彷彿撕裂空氣般歇斯底里的聲音傳來。

緹雅站在一樓的走廊中央，橫眉豎眼地大聲驚呼。

「妳對愛爾娜做了什麼——！那把小刀上的血是——！」

翠蝶冷冷地下令：「讓她閉嘴。」

在被如此命令之前，莫妮卡便已採取了行動。她緊握小刀，撲上前去。

緹雅本來想逃卻不慎絆倒，狼狽地跌在地上。

莫妮卡用力踐踏她的腹部，然後就這麼跨坐在她身上，俯視著神情痛苦的緹雅。她揮落小刀，刺向表情扭曲的緹雅的咽喉。

在刀尖觸及頸項的前一刻，緹雅抓住莫妮卡的雙手。

「……為什麼……莫妮卡……？」

她流著淚一邊說。

企圖揮落刀子的莫妮卡，與拚命制止她的緹雅之間上演了一場膠著的拉鋸戰，然而那卻也只是一瞬間的事情。論力氣，莫妮卡無疑在緹雅之上。

刀尖緩緩地接近緹雅的喉嚨。

「妳為什麼要……？」

對於緹雅持續發出的疑問，莫妮卡不可能開口回答。

她可以感應到翠蝶的視線自背後傳來。

——莫妮卡什麼話也無法說。

——更不能出聲向人求助。

無論是手語還是暗號，只要做出任何可疑的舉動，翠蝶都會不再信任莫妮卡。她會放棄要莫妮卡背叛，轉而誘導ＣＩＭ去陷害百合。

即使是一個字也不能表明真心話。莫妮卡只能乖乖聽命行事。

這便是翠蝶所製造出來的惡夢。

被取名為「緋蛟」的少女所身陷的計謀。

她像在祈禱般在小刀中施力。

（——但是，「燈火」裡有一個人。）

自從開始襲擊，莫妮卡便一直在尋找。

每次攻擊同伴，她便在內心大喊「不對！」。

她傾身覆蓋住緹雅的身體，讓兩人視線相對。

（即使不交談也能讀取對方願望的存在——！）

想要攻破網羅迪恩共和國的間諜情報的「蛇」，唯有一個辦法。

那就是情報不曾外流，培育學校的吊車尾學生們的特技。將希望寄託在那之上，是打破這場惡夢的唯一契機。

「燈火」的少女理所當然都知道一件事。

「夢語」緹雅——能夠藉由和對方對視，讀取願望！

她睜大雙眼，似乎毫不猶豫便行使了那份能力。依她現在的立場，會採取這樣的行動是理所當然。

隨後，緹雅的表情變得稍微柔和起來。

【——啊，原來是這麼回事。】

說話聲忽然在腦中響起。

感覺就像幻聽一樣。但是只要注視緹雅的眼睛，聲音便會自然而然地傳來。這大概是擅長對話的她的能力吧。又或者，是兩人過去一同受訓下的產物。

緹雅的雙眸清晰地向莫妮卡訴說。

【……吶，莫妮卡，我的能力沒辦法看透他人內心所有的想法。關於妳究竟為何所苦，我就只能讀出一部分，無法全盤知悉。】

她在手指中施力。

【妳打算為了那份戀情，獨自對抗強大的敵人對吧？】

傳達出去了。緹雅正確解讀出莫妮卡的窘境了。

莫妮卡和緹雅始終維持著互相推擠的姿勢。看在翠蝶眼裡，應該只會覺得莫妮卡正準備要殺死緹雅才對。

【從前，妳支持了我的背叛。】

她所指的，大概是關於安妮特的母親的那場騷動吧。當時，緹雅和莫妮卡也彼此互鬥，然後視線相交。此刻莫妮卡二人所做的，無疑是重現當時的情景。

【這次換我和妳一起背叛「燈火」。因為連敵人也拯救是「夢語」的信念。】

如今，莫妮卡無意嘲笑如此天真的想法。

時間所剩不多了。儘管兩人以比透過語言溝通更快的速度成功傳達了情報，但是長時間互望會讓翠蝶產生不信任感。

這時，緹雅似乎察覺到莫妮卡的這份焦慮，用眼神對她說。

【折斷我的手臂。妳需要這樣的演技對吧？】

她打趣似的瞇起雙眼。

【不過，麻煩妳別讓我留下疤痕喔。】

莫妮卡一度後退，之後隨即將小刀轉向，隔著衣服將緹雅的上手臂打斷，接著又用力朝她的側腹一踢。

緹雅狼狽地滾落在地，不久便痛苦地按著右臂，蹲了下來。

「很不錯。」

翠蝶的態度依舊感覺心情絕佳。她似乎沒有察覺莫妮卡二人無言的密談。

「不過呢，蜜希望妳可以至少將一人打個半死耶～」

但是，她仍繼續對莫妮卡逼迫威脅。

莫妮卡的課題是——至少將一人打成半死不活。這一點不可能有辦法敷衍過去。

她已經決定好要對誰下手了。

（……這或許是個好機會。在下只是利用到極致而已。）

莫妮卡沿著走廊前進。對方似乎身在二樓。

（——唯有現在的在下才能辦到這一點。）

在通往二樓的樓梯附近，亞梅莉和「蓮華人偶」瞪大眼睛，僵在原地。

「妳為什麼要……」亞梅莉像在夢囈般喃喃地說。

「礙事。」莫妮卡簡短說完，隨即也撲向她們。

亞梅莉二人雖然不是攻擊對象，不過考慮到之後要綁架葛蕾特，還是希望能事先將她們趕出這棟建築。她用刀柄迅速毆打兩人的臉頰後便前往二樓。

至於翠蝶可能是不想和亞梅莉碰頭吧，她已經使用別座樓梯抵達二樓。

兩人前往上樓後位於深處的工作室。

在擺滿工具和車床的房間裡，那名少女讓害怕的愛爾娜躲在自己身後，笑瞇瞇地坐在中央的桌上晃動雙腿。

「本小姐聽愛爾娜說了喔。」

安妮特笑道。

「——莫妮卡大姊，妳的腦袋是被打到了嗎？」

那張一如往常的純真笑臉上，隱約顯露出好戰的神情。在眼前的明明是一名還很年幼的少女，卻不知為何可以從她身上感受到恐怖的邪惡氣息。

這才是她的本性啊，莫妮卡冷靜地接受這個事實。

「在下發現了喔。」莫妮卡說。

「嗯？」

「妳暗殺了瑪蒂達小姐對吧？」

「…………」

結束舉發「屍」的任務後，少女們遇見自稱是安妮特母親的女性——瑪蒂達。在幫助她逃往國外的過程中，安妮特的舉動相當奇怪。

她先是稍稍睜大眼睛，之後便微微吐了吐舌頭。

「是啊。不過大姊，本小姐有表現出來嗎？」

「在下已經察覺妳的本性了。躲在同伴之中將麻煩事交給別人去做，然後自己獨享殺死討厭傢伙的樂趣，妳可真是過得悠遊自在啊。」

不同於其他少女們，莫妮卡早就察覺到她的本質。

——純粹的邪惡刺客。

她是克勞斯安排在「燈火」裡的鬼牌。

莫妮卡一直對她的存在心存疑問。她雖然有確實完成自己的工作，但是她的精神實在太過自由奔放了。儘管克勞斯認同這一點，可是這樣真的好嗎？

安妮特不知挫折為何物。

她不曾像莫妮卡一樣嘗過苦頭，因此她始終沒有真正發揮出自己的潛能。

——安妮特原本的才能不只有現在這個程度。

而如果是現在的莫妮卡，就能帶給她挫折、促使她成長，成為她必須去跨越的障礙。

「放馬過來吧。在下要好好地重新教育妳，臭小不點。」

那句話成了引爆點。

安妮特的身體彈也似的動了起來。她扭動身體跳下桌子，裙子隨之飄揚，好幾樣宛如蜈蚣的怪異機械從裙底掉了出來。

「代號『忘我』——組裝的時間到了！」

「太慢了。」

莫妮卡沒有讓她有機會使用道具。安妮特擅長的是佯裝天真進行暗殺，格鬥方面並不拿手。在正面衝突的情況下，莫妮卡的速度不可能落後於她。

她用刀背毆打安妮特拿遙控器的手，接著將散落在腳邊的機械全部踢開，撞上牆壁。

蜈蚣機械裡似乎裝有小型炸彈。炸彈在撞擊之下爆炸，附近的牆壁因而起火。炸彈的碎片擊中安妮特和愛爾娜的頭部，兩人雙雙倒下。

「……！」

安妮特茫然地看著昏厥在地、動也不動的愛爾娜。不久，她拭去自額頭流下的鮮血站起身，從裙子裡拿出鐵棒似的機械，用面無表情、猶如黑洞的雙眸瞪著莫妮卡。

然而，她現在就算使出全力，在莫妮卡看來也不足為懼。

莫妮卡觀察開始在工作室內蔓延的火勢。

差不多該撤退了。克勞斯雖然好像還不在這裡，不過他隨時都有可能闖進來，況且也必須將昏倒的葛蕾特帶走才行。

翠蝶小聲說了句「動手」。

對著呆站不動的安妮特，「深深地刻在心底吧。」莫妮卡冷冷地說。「想殺死的對手就在眼前卻什麼也做不了的那種——無盡的無力感。」

莫妮卡將小刀橫向一揮，打碎了安妮特的肋骨。

她在強烈衝擊下撞上牆壁，口吐鮮血、失去意識。

（當她醒來時，身旁應該會有同伴在。）

她們應該會好好地安慰她吧。應該會溫柔地開導因為初次品嘗挫折的滋味，又無從消除肉體上疼痛而苦惱的她。

——安妮特的成長將會成為「燈火」很大的助力。

莫妮卡只要相信這一點，徹底扮演壞人的角色就好。

火勢逐漸增大，翠蝶不知正在說什麼風涼話。正當莫妮卡對其充耳不聞時，身後傳來人的氣息。

「「————！」」

百合和席薇亞在工作室的入口，臉色蒼白地望著這邊。她們似乎正好在莫妮卡攻擊安妮特時趕到。

不想和她們視線相交，莫妮卡悄悄地走向翠蝶，然後將裝了燈油的瓶子砸向地板，用火焰分隔自己和百合二人。

「————抱歉。」

在熊熊燃燒的火焰中，莫妮卡只留下這句呢喃，完成了這次的襲擊。

翠蝶給了這場襲擊「非常完美」的評價。

於是，莫妮卡成功從她身上取得了一定的信任。

可是，百合被挾為人質的狀況依舊沒有改變。不僅如此，這次更背負了遭克勞斯認真追捕的風險。一旦被捕，百合就危險了。

必須讓計畫朝向下一步進行。

◇◇◇

翠蝶並非始終都待在莫妮卡身旁。

她似乎正在進行還不能向莫妮卡透露的「蛇」的工作。莫妮卡雖然知道之後會有一位名叫米亞·高多芬的女性遇害，但遺憾的是她實在沒有餘裕去阻止事件發生。

當翠蝶不在時，總會有人代為監視她。無論莫妮卡身在城裡的哪個角落，隨時都能感應到視線。只不過，由於監視者不是很優秀，因此可以從對方散發出來的氣息察覺到。

襲擊的隔天晚上，莫妮卡用兜帽遮住臉孔，來到位於休羅巷弄內的一間小咖啡店。她一邊喝著苦澀的咖啡，一邊等待對方到來。

達林皇太子遭暗殺的消息已經傳開，此刻正是隱身在動盪城市中的好時機。

當店裡人潮開始變多時，做了變裝的緹雅在隔了一個位子的座位坐下。

她的變裝不像能夠徹底變成他人的葛蕾特那麼優秀，不過因為她將頭髮綁起又畫了濃妝，看起來也足夠像是換了個人。

『莫妮卡，請回答我。』

她們僅憑著手指敲桌所產生的震動進行對話。

這是「燈火」的眾多溝通方式之一，足以騙倒不高明的監視者。

『妳為什麼要攻擊安妮特？有必要做到那種地步嗎？』

『她有必要接受指導。另外還有一個原因就是妳。』

莫妮卡安撫光用手指就能表達出豐富情感的緹雅。

『什麼意思？』

『為了不讓克勞斯先生起疑，妳必須自願幫忙搜索在下。結果，妳果真表現出打從心底想見在下的樣子。』

緹雅不服地垮下臉來。

莫妮卡在意的問題是襲擊之後，緹雅能否騙得了克勞斯。因此，一方面為了讓緹雅表現出真心對莫妮卡感到憤怒的樣子，她有必要動手攻擊安妮特。

察覺兩人就快產生口角，莫妮卡搶先開口。

『在下在蒙特涅公園的草叢裡，放了希望妳去完成的事項清單。交給妳了。』

莫妮卡叫來老闆，準備結帳。

緹雅一副還沒說夠地皺起眉頭。

『……不能被克勞斯老師發現對吧？』

『是啊。基於某種因素，這件事不能讓克勞斯先生知道。』

『到底是什麼因素啊……？』

『在下也不能告訴妳。』

若是交談得太久，說不定會被監視者察覺。

莫妮卡直截了當地終止話題，最後只留下一句話。

『交給妳了。在下只有妳能依靠了。』

之後便看也不看緹雅一眼，逕自離開咖啡店。

◇◇◇

莫妮卡回到翠蝶替她準備的藏身地點。

那是一棟位於休羅市中心，坐落在鄰近主要道路的巷弄內的大樓。一樓是餐館、二樓是法律事務所、四樓是劇團的排練場地，至於莫妮卡的藏身處則位於該棟建築的三樓。

大樓的主人大概是親帝國派的吧，那人似乎和翠蝶互有往來。翠蝶對此並未多加解釋，只告訴莫妮卡可以儘管使用這個地方。

這個樓層原本好像是不動產公司的事務所，現在雖然空蕩蕩的什麼也沒有，不過木頭地板上還殘留著擺放過桌子的痕跡，而且可以微微聽見四樓傳來劇團團員進行發聲練習的聲音。

在藏身地點的深處，有一名少女雙手遭到綑綁，倒在地上。

她好像已經醒來了，只見她用迷濛的眼神望向莫妮卡。

「……莫妮卡小姐。」

「抱歉啊，葛蕾特。」

莫妮卡將買來的瓶裝礦泉水遞到她嘴邊。

「想必妳應該很清楚，妳只是受了輕傷，沾在妳衣服上的並不是妳自己的血。是在下將妳綁架到這裡來。」

沾在她衣服上的血，在地板上留下了汙漬。

葛蕾特沒有喝水，而是提出了許多疑問。她冷靜地依序提出「妳為什麼要攻擊我們？」、「妳背叛了『燈火』嗎？」等疑問，雖然其中大部分莫妮卡都無法回答。

不過在問答的過程中，葛蕾特似乎已察覺大致的情況了。

「可以請妳務必回答我這個問題嗎？」

她始終以沉穩的態度問道。

「妳擄走我是為了什麼……？」

「之後應該會要求妳製作變裝用的面具。總之在下早晚會下達指示。」

關於這一點，目前也還不能詳細說明。

莫妮卡不曉得翠蝶正在那裡竊聽，因此她打算之後再找個好時機告訴葛蕾特。

「不過說來說去，最大目的還是為了對付克勞斯先生。」

莫妮卡聳聳肩，喝下葛蕾特不喝的水。

「在下接下來即將和克勞斯先生交戰。因為在下八成會輸，所以需要逃跑的手段。抱歉啊，葛蕾特。雖然很不好意思，不過在下會監禁妳一段時間，讓妳變得衰弱。這麼一來，克勞斯先生想必就會在緊要關頭以解救妳為優先，放棄追捕在下了。」

葛蕾特一臉不可置信。

「如果只是要讓老大驚慌失措，我想擄走任何人應該都沒差……」

「什麼啊，妳難道沒有自覺嗎？」

莫妮卡輕笑一聲。

「克勞斯先生最愛的成員是妳啊，葛蕾特。」

葛蕾特瞪大雙眼。

看她的反應，她似乎真的毫無自覺。莫妮卡不由得感到傻眼。

「就連妳的戀情也意外地並非毫無希望喔。」她這麼調侃。

當然在表面上，克勞斯並沒有對部下做出差別待遇。他本人應該也是想要平等地對待所有人。

儘管如此，莫妮卡心裡還是明白。

克勞斯對其他少女們的感情，與對葛蕾特的感情有著些微差異。那份感情儘管不是愛情，但確實更多了一份平靜與溫暖。

「……真的好羨慕妳。」莫妮卡別過視線。

「咦？」

「在下之前沒說過嗎？在下的體質是見到別人對愛情勇往直前就會感到嫉妒。」

無論何時見到都覺得好刺眼。

要是自己也能無所顧忌、一心一意地勇敢追愛，那該有多好。

「…………！」

葛蕾特瞬間露出泫然欲泣的表情。

聰慧如她，或許已經察覺莫妮卡的祕密也說不定。即使如此，莫妮卡也已經不在乎了。如果是她，應該會幫忙將這個祕密帶進墳墓吧。

她咬住嘴唇，直視著莫妮卡。

「莫妮卡小姐……」她的聲音中帶著熱度。「可以請妳幫我解除變裝嗎……？」

「變裝？什麼意思——」

莫妮卡這麼反問，但葛蕾特一副不需要解釋似的沒有回答。

現在的葛蕾特看起來並沒有做任何變裝。

心裡頓時一陣發寒。

她一邊揣想，一邊將手伸向葛蕾特的臉。光是碰觸到皮膚還沒有什麼感覺，可是一旦用指甲去抓，便能感受到強烈的異樣感。覆蓋她臉龐的是變裝用面具。

莫妮卡屏住呼吸，撕下面具。

——連對同伴也隱瞞的，葛蕾特的祕密。

她的左半張臉被醜陋的疤痕所覆蓋。

「……！」

在極近距離下望見那片疤，莫妮卡忍不住低聲驚呼。

即使是客套話也稱不上漂亮。那片疤痕和她的臉毫不相襯，醜陋到會令人本能地心生厭惡。

見了莫妮卡的反應，葛蕾特以勸戒般的口吻對她說。

「這下妳還有辦法說自己羨慕我嗎？」

說不出口。

領會到自己是多麼思慮不周，莫妮卡噤聲不語。

「老大接受了我原本的樣貌。」

「……也是呢，如果是他，想必會這麼做吧。」

「是的。那麼，莫妮卡小姐的心上人又是如何呢？」

葛蕾特流暢地說下去。

「我不知道那個人是誰……但是，對方有氣度狹小到會狠心拒絕莫妮卡小姐的心意嗎……？會不會只是妳自己擅自認定對方不可能明白，然後就這麼放棄了呢？」

她的每一字每一句都深深刺入莫妮卡的心。

即使不願意，她仍不禁想像。

想像自己對百合表明心意的未來——以及，好比克勞斯接受了葛蕾特的疤，她也接受莫妮卡心意的光景。

莫妮卡搖搖頭，甩掉充斥腦中的虛無幻想。

「……就算說了又如何？」

「至少，或許能夠避免現在這個事態的發生。」

莫妮卡忍不住笑出來。

「妳的話真是讓人無法反駁呢。」

「請不要試圖獨自背負一切……拜託妳……」

「已經太遲了啦。」莫妮卡像在自嘲地點點頭。「不過還是謝謝妳，葛蕾特。」

她依舊用懇求似的眼神望著莫妮卡。

莫妮卡小心翼翼地，試著將面具貼回葛蕾特臉上。她用手指按壓面具，不想讓那片疤痕再次顯露出來。

可是，面具一旦撕下後便無法復原。她說了句「在下之後再替妳準備別的」，將從葛蕾特臉上摘下的面具輕輕放在地板上。

「在下很害怕說出真心話。」

莫妮卡望著她臉上的疤，喃喃地說。

「可是又有什麼辦法呢，在這個憂愁恐懼四處蔓延的世界上，在下的戀愛是一種禁忌。既是犯罪也是疾病。在下的心意只會帶給別人困擾而已。」

葛蕾特表情扭曲，一副欲言又止的模樣。

莫妮卡沒有理會她，逕自直截了當地說。

「——所以呢，在下決定要毀掉這個世界。」

差不多該為接下來做準備了。

莫妮卡將聽從翠蝶的指示，和克勞斯交戰。屆時八成會輸吧。她明知這一點仍決定挑戰。

莫妮卡真正的戰鬥還在後頭。

此時此刻的她，正朝著無論是翠蝶、緹雅，還是克勞斯，都未曾抵達的殘酷結局邁進。

「葛蕾特——」離去之前，莫妮卡說。「祝妳和克勞斯先生永遠幸福。」

9章 「冰刃」與「緋蛟」

休羅市的混亂局面依然持續著。

聚集在康美利德時報總公司前方的群眾，在闖入內部的ＣＩＭ再度出現在正門時，敏感地察覺到他們的模樣有異。人們聽見他們對著無線電怒吼的聲音，得知雷蒙總編輯消失不見了。

公布刺客長相的神祕報社，以及利用強權報導該則新聞的總編輯失蹤。

在眾多謎團之中，這一次聽說是不遠處的大樓發生了爆炸事件。而且根據目擊者表示，朝那裡投擲炸彈的人，正是新聞所報導的那名藍銀髮刺客。

所有人都察覺到動盪的預兆。

但卻無法看清其真面目，只能繼續驚慌失措。

車站前，社運人士連日發表演說，大力抨擊ＣＩＭ的失態。有人發送上面寫著「一切都是穆札亞合眾國的陰謀」的傳單，也有人大罵「你才是加爾迦多帝國的間諜」並上前毆打對方，混亂情況不斷持續著。

另外，在國會議事堂的大鐘樓前方，民眾則是舉行了一場示威遊行。

他們認定間諜是這一切混亂的元凶，要求政府舉發所有外國人。人們捧著達林皇太子的遺照，怒吼著「逮捕所有人，進行盤問」。這場聚集超過三千人的大規模遊行，最後是遭到警方鎮壓驅離。

然後，有一名少女神情愉悅地望著陷入混亂的這座城市。

她潛入克雷特皇后車站近郊的大樓，為了底下所上演的騷動面露竊笑。

製造出這個混亂局面的始作俑者——翠蝶。

她的手邊有一台無線電機。包括「工蟻」在內的眾多手下，不時會透過無線電機傳來報告。

而她方才正在聽的，是莫妮卡和克勞斯的殊死戰結果。

「非常完美。」

聽取完報告之後，她情不自禁露出得意的笑容。

「真是太精采了，沒想到居然能讓燎火受傷並且成功逃脫。」

尤其克勞斯左腿的傷勢，堪稱是意料之外的戰果。假使骨頭裂開，至少得花上兩三個月才有辦法痊癒。在完全康復之前，他沒辦法發揮全力。

這一招確實壓制了那個男人。

而且還沒有失去莫妮卡這顆棋子。

（……燎火暫時還會忙著去對付莫妮卡。不曉得這樣能將他的力量削弱到什麼程度？）

莫妮卡的活躍程度超乎翠蝶的想像。

雖然還無法完全信任她，不過今後應該可以繼續期待她的表現。

（……不過，從她讓燎火的左腿受傷這一點來看，或許已經可以相信她是蜜的同伴了。這樣會不會太隨便啊？）

已經可以解除她是雙面間諜的嫌疑了嗎？

「燎火」克勞斯是迪恩共和國最強的間諜。為了取信於「蛇」而傷了他的左腿，這麼做實在是划不來。

（雖然還沒辦法鬆懈，不過應該可以當作她不打算再回去「燈火」了……今後或許也可以視情況把「蛇」的目的告訴她吧。）

翠蝶輕吐一口氣，離開無線電機。

（只要知道「蛇」的存在理由，應該任誰都會贊同「蛇」。）

至少翠蝶是如此。

從前，她曾經是一心一意希望自己國家繁榮的芬德聯邦間諜。世上存在著全世界的諜報機關都尚未徹底掌握的絕望——可是當她發現這個事實之後，她頓時有種天旋地轉、世界崩塌了的感覺。而在那時前來勸誘她加入的就是「蛇」。

望向時鐘，現在已經是傍晚時分了。

必須向「蛇」進行定時聯絡才行。

重要情報無法使用無線電機傳達。「蛇」會透過潛藏在城市裡的暗號告知碰面地點，規定翠蝶在指定時間前往該處，留下備忘錄。

翠蝶覺得這麼做很麻煩。

——『翠蝶，妳還太嫩了啦。別忘了要回報啊。』

她忘不了對方一副高高在上地這麼對她說。

心想麻煩死了，她一邊咂舌，一邊伸手去拿大衣。

當她伸出右手準備穿過袖子時，右肩突然一陣劇痛襲來。她立刻用左手按住肩膀，努力站穩東搖西晃的身體。

「——！」

明明已經過了十個月，身上的傷卻依舊疼痛。

傷口照理說已經痊癒了，然而疼痛感卻如詛咒一般定期折磨著翠蝶。

——刻劃在雙肩上，猶如閃電的傷痕。

對喜歡跳舞的翠蝶而言，肩膀上的傷極度令人不快。自從她受傷以來，每當要站在舞池裡，她都只能穿著能夠遮掩肩膀和上手臂的服裝。

（……啊啊，煩死人了。）

記憶再次被勾起，她忍不住忿忿地咂舌。

（那個老太婆……死了還是一樣這麼可恨……）

湧上心頭的憎恨，不知讓她緊咬過多少次嘴唇。

——「炮烙」蓋兒黛。

翠蝶見證過其死去那一刻的「火焰」成員。

◇◇◇

「老了不中用」是翠蝶事前獲得的情報。

向「蛇」倒戈的「炬光」——更正，是「蒼蠅」基德這麼透露的。當時，他露出有些哀傷的眼神後，一邊磨自己的武器刀、一邊說道。

「畢竟她都已經高齡七十二歲，已經是個老奶奶了。她的全盛時期早就過了，尤其這十年更是衰退了不少。」

聽了這番話，自願去暗殺她的人是「翠蝶」。

「蛇」要在基德的協助下——暗殺「火焰」所有成員。

就如同「紫蟻」在穆札亞合眾國打敗「紅爐」一樣，翠蝶則是被交付殺害「炮烙」的任務。畢竟芬德聯邦也是她的主場地盤。

就連將對方引誘到指定地點，也是利用基德的情報便輕易辦到了。

翠蝶把她叫到自己所熟悉的舞會大廳來。那裡位於休羅郊外，平常是上流貴族聚集的社交場所。她指定在無人的深夜在此碰面。

午夜將近之時，一名老婦人大大方方地來了。

「嗯？怎麼回事？」

她看著坐在舞池中央的椅子上的翠蝶。

「我還以為是基德找我來，結果來的是居然是這樣一個年輕女孩啊。那個笨蛋該不會是讓暗號洩漏出去了吧？」

蓋兒黛的外表讓人完全看不出她的年齡。她一副軍裝褲配上坦克背心的裝扮，大面積地顯露出自己的肉體。兩條手臂上覆蓋著結實得不像老婦人的肌肉，反射了打在舞池裡的燈光。

若以那副模樣走在街上，想必自然會成為眾人注目的焦點。

——在戰場上衝鋒陷陣超過半世紀，不死的狙擊手。

想起關於她的英勇傳說，翠蝶不禁緊張起來。

「……我們來交涉吧，老奶奶。」

「嗯？」

「你的同伴『炬光』基德背叛了自己人，加入了加爾迦多帝國。」

蓋兒黛面不改色。

認為她只是在逞強，翠蝶接著證明自己的情報無誤。

「陽炎宮裡聽說好像有守則呢。守則十四，不強迫其他居民喝酒。守則十五，不使用火藥來代替鬧鐘。這些是專為妳訂下的守則喔。」

「是啊，沒有錯。」蓋兒黛的表情舒展開來，快活地笑道。「不過我會使用火藥，只是為了要管教克勞小弟啦。雖然最後我被老大狠狠罵了一頓。」

蓋兒黛不知為何神情愉悅。她一邊發出「嘿咻」的聲音，在錯愕的翠蝶前方的椅子坐下。

「是喔，基德背叛了啊。不過其實我並不訝異啦。」

她的口氣一派輕鬆。

「……原來他會在那個時間點讓克勞小弟一人遠離『火焰』，是因為這個原因啊。看來就連基德也害怕克勞小弟了。」

「妳好像一點都不慌張？」

「很抱歉，不過這點程度的事情可說是家常便飯。」

蓋兒黛彎曲自己的手指，開始數數。

「照這個情況來看，老大八成會死。笨蛋盧卡斯就算不去理他也會死，然後維勒大概也會陪哥哥一起死去。海蒂的話，讓她死過一次比較好。至於克勞小弟……哎，可能得視對戰狀況而定吧。」

她依序彎曲五根手指，最後只留下一根。

蓋兒黛點點頭，「嗯，至少會留下一人，這樣夠了」滿意地這麼說。

她似乎打從一開始就沒把自己算入倖存者名單內。

翠蝶微微往前探身。

「蜜隨時都能殺了妳。」

「…………」

「妳可以把情報交出來嗎？你們手中應該握有『曉闇計畫（Nostalgia Project）』的情報吧？妳要是肯交出來，至少可以保住一條——」

話還沒說完，世界便產生了晃動。

翠蝶花了一些時間，才明白原來是自己的腦袋遭到毆打。讓人以為是世界晃動的攻擊唐突而至，翠蝶完全無暇防備就這麼倒向後方。

蓋兒黛的右手握著一個像是黑色棒子的東西。

翠蝶邊倒下邊注視，才發現原來那是步槍的槍身。大概是藏在衣服底下吧，蓋兒黛迅速將藏在身上的步槍組裝起來。

當翠蝶重新站穩身體時，蓋兒黛已經組好步槍，並且開槍了。

連續兩槍。鮮血從兩邊肩膀噴出，子彈削掉翠蝶的肉。劇烈到幾乎令人發狂的疼痛麻痺她的腦袋。

「妳還真是瞧不起人啊，居然想跟我『炮烙』交涉？」

大概是故意讓翠蝶活命吧。

若是蓋兒黛有意，她其實大可朝翠蝶的腦門射擊。

「最近我的耳朵不太靈光，可以請妳再說一次嗎？嗄？妳剛才說要對我怎麼樣？」

她毫不留情地踐踏在地上爬行的翠蝶的頭。

然而翠蝶卻因為雙肩的疼痛，根本無力抵抗。

（那個大叔！哪有老了不中用啊——！）

她心裡對透露情報的基德只有恨意。

（這個老太婆不管怎麼想，明明都擁有世界最頂尖的實力——！）

基德應該並非有意在情報中摻雜謊言。

「衰退」想必是事實吧。只是「炮烙」即使過了全盛時期依舊過於強大，再加上，「火焰」

是個會將這件事用「老了不中用」來形容的異常者集團。
後腦杓傳來被堅硬槍口抵住的觸感。
「——說吧，妳是從哪裡聽說『曉闇計畫』這個詞？」
蓋兒黛蘊藏殺氣的聲音從頭頂上方傳來。

◇◇◇

翠蝶張開下意識緊握的拳頭，調整呼吸。
（啊啊，無論回想起多少次還是渾身不舒服……！）
這次的任務對翠蝶而言也是一場復仇。羞辱她，讓她差點開口乞求饒命的蓋兒黛無疑是天大的仇人。
但是就算想殺了她，她也已經不在了。
因此翠蝶要殺死「炮烙」蓋兒黛認為會活下來的男人——「燎火」克勞斯。
為此，她不斷地布局出招。
消耗克勞斯的體力和精力，讓他不停奔波去追逐莫妮卡。他大概不會好好治療受傷的左腿，持續進行諜報活動吧。

給予他最後一擊不是翠蝶的工作。

翠蝶還有許多方法能將克勞斯逼入絕境。她打算等到克勞斯疲憊不堪時，再和正在執行其他任務的「蛇」的同伴會合，一口氣取走他的性命。

如今距離完成任務只差一步。

（如果硬要說有什麼地方令人掛心……）

她再次穿上大衣，一面思考。

（……大概就是康美利德時報的報導吧。唯獨那篇報導的意圖讓人猜不透。）

她指的是今天早報突然刊登的內容。

——【暗殺達林皇太子的人是藍銀髮少女】。

就連翠蝶也對那篇報導一頭霧水。莫妮卡的照片為何會刊登在那份報紙上？究竟是誰為何做出這樣的報導？

翠蝶也問過莫妮卡，但是她卻「天曉得，在下也不知道」這麼回應。

無從確認她的話是真是假。

儘管覺得可疑，卻也不能只因為這樣就將莫妮卡切割掉。心想也許是「燈火」的策略，她決定先讓手下去進行調查。

（搜查結果差不多該出來了——）

正當她如此心想時，出入口的方向傳來腳步聲。對方說出事前告知的暗號，來到翠蝶所在的房間。

「翠蝶大人……！」

那人是翠蝶麾下的「工蟻」之一。他是看似膽小的二十多歲男性，也是CIM的情報員。大概是急急忙忙趕來吧，只見他一副氣喘吁吁的模樣。

一面為手下來得正好感到滿意，翠蝶「快點報告」地這麼催促。

「CIM已經掌握到失蹤中的雷蒙·阿普頓總編輯的情報了。據說他這幾天，和名叫『烽火連天』的黑社會組織往來密切。」

「……烽火連天？沒聽過這個名字耶。」

「他們是新的反政府勢力，聽說打著『救國』的口號，正在急速地擴張勢力。」

翠蝶「是喔」地隨口附和。

看樣子，那似乎是現今充斥休羅街頭的可疑社運勢力之一。但是對方為何會取得莫妮卡的照片這個問題依舊無解。

這時，男人「那個……」一副難以啟齒地蹙起眉頭。

「什麼事？」翠蝶催促。

「二十分鐘前，有別家報社發出號外。我想這恐怕也是『烽火連天』搞的鬼。」

一邊這麼說，他將一份報紙遞過來。

翠蝶頓時感到背脊發涼。她一面忍受湧上心頭的不祥預感，一面瀏覽那則報導的詳情。

簡單來說，這是康美利德時報那篇報導的後續報導。

【我等救國之士要公開槍殺達林皇太子殿下的刺客情報。

・代號「緋蛟」

・年齡十六歲

・隸屬加爾迦多帝國的間諜團隊「蛇」

・身高：一百五十公分　髮色：藍銀髮

・正潛伏於休羅近郊

徵求目擊情報】

「啥——？」翠蝶不由得驚呼。

報導中同時刊載了莫妮卡的臉部照片。

內容明確地表示，暗殺達林皇太子殿下的犯人是加爾迦多帝國的間諜。

「等一下等一下等一下等一下等一下等一下等一下等一下等一下等一下！」

她驚慌失措地叫嚷。

無論她瀏覽多少遍，內容還是一樣，沒有看錯。

「簡直瘋了！」

翠蝶大喊。

「為什麼會出現這種報導？這實在是太亂來了！」

完全不明白這則報導出現的意圖和意義。

發行單位是芬德聯邦內發行量排名第五的報社，規模可以說相當大。這麼大的報社不可能會大張旗鼓地散布這種假消息。

居然沒等政府發表就擅自公布嫌犯的身分，這種行為太不正常了。

「ＣＩＭ認為是人民對國內政治的不信任感，導致黑社會人士的影響力增加。而之所以會產生不信任感，可能是受到達林皇太子遭暗殺的影響。」

「即使如此——！」

「是『烽火連天』的首領搞的鬼。」

男人斬釘截鐵地說。

「聽說她在幫派之間進行交涉，將對立的反社會勢力集結起來。她集結積怨已久的人們，煽動他們對政治的不信任感和俠義之心，將其掌控在自己手中。我想，她恐怕也籠絡了報社的重要人士，硬是要對方報導那則號外吧。」

翠蝶忍不住捏爛手中的報紙。

報社如此輕舉妄動，這在平常是不可能發生的異常事態。

（……我們太小看王族之死所帶來的影響了。混亂接連發生……如今不管發生什麼事都不稀奇了……）

當然，對於射殺達林皇太子必然會產生相應的風險一事，「蛇」早有心理準備。這是可能會點燃戰火的行為。但是基於某種因素，「蛇」仍不得不那麼做。

如今，任誰都無法預測接下來世界將如何變化。

然而在那團混沌之中，卻出現一名擁有向心力的人物。

「……那個『烽火連天』的首領究竟是誰？話說回來，又是從哪裡得到『蛇』的情報──」

「詳情不明。感覺似乎跟首領關係愈密切的人，口風就愈緊……」

男人一臉不滿地說。

「不過，據說那個救國英雄是──一名美少女。」

就在翠蝶覆述「少女」這個令人意外的情報時。

一道嬌媚性感的說話聲傳了過來。

「哎呀，你們該不會正在談論我的事情吧？」

一名黑髮少女在出入口處面露柔和的微笑。

翠蝶認得她。「燈火」在芬德聯邦活動的期間，翠蝶曾見過她好幾次。

——「夢語」緹雅。

她是擁有凹凸有致的迷人身段，以及悅耳說話聲的間諜。

見到她的瞬間，翠蝶立刻恍然大悟。

她確實很像是「烽火連天」的首領。翠蝶早就知道「燈火」裡有一名擅長交涉的少女，但沒想到她的手腕竟如此高明。

「妳就是『翠蝶』小姐吧？很高興見到妳。」

緹雅踩著高跟鞋，喀喀喀地朝翠蝶走來。

她為什麼有辦法查到這個地方？是「烽火連天」的力量，還是說——

「……妳有什麼事？蜜現在心情非常不好。」

翠蝶脫掉身上的大衣，露出雙肩。

她有好多問題想問眼前的女人。對方自己找上門來反倒是件好事。

她瞪著男手下，「怎麼，你在摸魚嗎？還不快點抓住她。難道你想再被紫蟻先生拷問嗎？」

這麼威脅他。

男人的臉色瞬間發白，隨後立刻拿出刀子。

緹雅不悅地瞇起雙眼。

翠蝶向紫蟻借來了約莫十二名「工蟻」。儘管現在身邊只有一人，但是他也擁有相當強大的暗殺技術。

男人是目前隸屬於CIM的一流間諜，已有殺害十四人的經驗。

翠蝶嘻嘻一笑，下達命令。

「將那個女人打個半死。」

「工蟻」男子衝上前去。他的表情雖然懦弱，動作卻是十分凶猛敏捷。他一口氣縮短和緹雅之間的距離，吼叫著舉刀刺向她。

緹雅似乎沒能做出反應。

她既沒有動手拿起武器，也沒有看著朝自己逼近的刀子。

「——【保護我】。」

緹雅開口的同時，有無數條手臂從她的背後伸出。總共是十二條手臂。

寡不敵眾。「工蟻」男子先是持刀的手臂被抓住，接著頭、脖子、腿也接連被攫住，一轉眼便徹底遭到壓制。

回過神時，緹雅的面前已出現六名凶神惡煞的男女。他們壓制一名男子、使其昏厥，然後像在鎖定下個目標般瞪著翠蝶。

他們大概是「烽火連天」的幫派分子吧。看來緹雅召集了一群高手。

緹雅向他們幾個道謝之後，以優雅的動作朝翠蝶走來。

「妳簡直就是教主。」翠蝶笑道。「啊，妳該不會自以為成了英雄吧？」

「還不是因為你們做了那種事情。」

緹雅伸出手，用食指指著翠蝶。

「大家聽好了！那個女人是暗殺達林皇太子殿下的共犯之一！她和『緋蛟』聯手，是令世界陷入混亂的『蛇』的成員！」

六名幫派分子的眼神驟變。

緹雅尖聲下令。

「──【抓住她】。」

號令一出，幫派分子們同時撲上前來。

翠蝶迅速後退，跑向身後的窗戶。

（！看來只能姑且先逃跑了！）

翠蝶身上的子彈數量為十四發。若是和對方周旋太久，子彈有可能一下子就用完。

她打破窗戶，朝太陽開始西沉的休羅街道一躍而下。

翠蝶降落的地點是對面大樓的屋頂。從十四層樓高的窗戶，跳到八樓的屋頂上。她利用技巧減少對腿部造成的衝擊，順利落地。

「……唉～真累人。」

翠蝶朝空中射出兩發子彈。那是告知周圍的「工蟻」們發生緊急狀況的訊號。

槍聲令在建築正下方的大馬路上遊行的隊伍發出尖叫聲。

他們一旦開始四處逃竄，附近一帶便會陷入一片慘狀。原本和遊行隊伍發生衝突的警方，也會被迫忙著應付這個狀況。

緹雅等人看起來沒有要立刻追上來的樣子。

（也對，畢竟他們只是黑幫嘛。）

翠蝶仰望方才自己所在的大樓。

（他們沒有受過在大樓屋頂間跳躍移動的訓練，蜜要逃跑是輕而易舉。）

他們不具備間諜理所當然應有的技能。

緹雅召集來的幫派分子們站在窗邊，束手無策地看著翠蝶。

正當翠蝶樂觀地打算趁機逃跑時——子彈掠過了她的臉頰。

「——！」

「那群信徒是怎麼搞的？」

翠蝶一臉挑釁地吐了吐舌頭。

「未免太亂來了吧？妳不也是侵蝕這個國家的間諜之一？妳撒謊讓他們成為妳的手下對吧？妳這女人還真惡劣啊。」

從幫派分子們那副忠誠的模樣來看，他們真的堅信緹雅是「救國英雄」。緹雅似乎徹底騙過了他們。

緹雅微微垂下視線，感覺好像意外地對翠蝶所說的話感到自責。只見她神情憂愁地嘆口氣，輕輕地搖頭。

「是啊，我對他們撒了謊。我並沒有告訴他們我是間諜。」

緹雅抬頭。

「但是，我是真心想要拯救這個國家。我要救濟遭到『蛇』侵蝕的這個國家。這個終極目標絕無虛假。」

「……啥？芬德聯邦不是妳的國家耶？」

「是啊。」

「簡直莫名其妙。迪恩共和國的間諜幹嘛要拯救其他國家？」

「無所謂。」緹雅得意洋洋地笑了。「因為我的目標是成為連敵人也拯救的英雄。」

翠蝶完全無法理解。

緹雅那副自信滿滿的表情令她深感不快，不屑地吐出一句「蠢死了」。

——沒錯，翠蝶並不知道。

被「紅爐」費洛妮卡營救出來後，緹雅心中有了成為英雄的願望。

而如今，她已將那份強烈的動機昇華成新的力量。

「鳳」的成員傳授給少女們的，間諜的戰鬥方式——「詐術」。

結合自身特技和騙術，擊敗強大敵人的方法。緹雅接受「羽琴」法爾瑪的指導，習得了屬於自己的詐術。

源自讀心的交涉術。然後是欺騙整個集團，讓他們把自己當成英雄來崇拜。

「交涉」×「偶像」——愚神禮讚。

這便是緹雅在芬德聯邦這塊土地上開花結果的，強大無比的詐術。

儘管不清楚緹雅的能力，翠蝶仍將眼前的人物視為敵人，冷靜地觀察。

她雖然搶先一步來到這裡，身上卻沒有任何一樣武器，而且右手臂還受了傷。大樓內空蕩蕩的，有的只是空無一物的空間。

（為什麼她剛才煽動了那麼多手下，現在卻只剩她一人……？）

緹雅渾身散發出老神在在的氛圍。

那副像在說自己已經贏了的態度，激怒了翠蝶。

（……莫非她瞧不起蜜？）

若真如此，那就太令人火大了。

翠蝶從懷中取出鑿冰器。只要具備能毫不猶豫刺穿心臟或頸動脈的技術，鑿冰器其實比容易撞到骨頭的刀刃更方便使用。

她將鑿冰器的尖端朝向緹雅。

「蜜其實也有戰鬥能力喔。」

「……是啊，看起來似乎是如此呢。」

「而且蜜的手下也已經來了喔。」

腳步聲從翠蝶剛才通過的門外傳來，隨後就見到「工蟻」陸續進到室內。

遭到紫蟻洗腦，每天不停鍛鍊的他們比幫派分子來得優秀。潛藏在休羅市內的工蟻，有一半都在短時間內趕到翠蝶身邊。

人數共有六人。巧的是，數量正好和方才包圍翠蝶的幫派分子相同。

如今立場已然逆轉。

「妳快點向外面的幫派分子求救吧，因為蜜要連他們也一起殺了。啊嘻嘻！蜜要讓這群『工蟻』抱著炸彈，衝向敵人！」

翠蝶揮舞著鑿冰器放聲大笑。

這番話雖然讓「工蟻」們也頓時倒吸一口氣，但是如果她真的這麼下令，他們想必還是會不假思索地執行吧。他們的理智早已被奪走，不知抵抗為何物。

緹雅緊握因憤怒而顫抖的拳頭。

「……我不會讓妳那麼做的。」

「嗯？」

「其實，我並不是真心想讓黑幫的人們去作戰。我只是請他們幫忙將妳引誘到這裡來而已。」

「……妳未免太天真了吧。」

「沒關係，反正『烽火連天』最重要的目的是——媒體戰。」

翠蝶忽地感覺到寒氣襲來。

濃烈的殺氣逐漸擴散，充斥整個空間，甚至讓人產生飢餓猛獸正準備咬住自己咽喉的錯覺。

翠蝶總算理解事態了。理解那篇新聞報導的真正用意——

「我問妳，妳威脅說要將暗殺皇太子的嫌疑嫁禍給百合對吧？」

緹雅繼續解說。

「不過，現在好像已經沒辦法那麼做了喔？世人認定暗殺事件的犯人是莫妮卡，然後莫妮卡自己也拋頭露面引發了爆炸事件。在這個狀況下主張『百合是真凶』，到底有誰會相信妳？真相已經確定下來了啦。」

只不過，那個真相裡面的嫌犯和翠蝶預想的人物截然不同——

不僅如此，裡面還混雜著嫌犯是加爾迦多帝國間諜的謊言——

「這下要讓百合成為刺客已經是不可能了。她的安全受到了保障。」

這時，一名躲在柱子後面的少女，從面帶微笑的緹雅旁邊跳出來。

「——莫妮卡也不再受到妳的控制。」

莫妮卡拿著轉輪手槍現身。

原來那股不祥殺氣是她散發出來的。

翠蝶一邊後退，一邊踢了「工蟻」的背部一腳。

以此作為信號，六名「工蟻」同時展開行動。其中四人以手槍攻擊，其餘兩人則準備迎戰逼近的莫妮卡。如此優秀的合作隊形，對於殺死一名間諜來說綽綽有餘。

四顆子彈被擊發，照理說應該會命中朝這邊直線前進的莫妮卡。

然而就在以為會打中的瞬間——莫妮卡往旁邊消失了。

四發子彈全都飛向她的左邊。

莫妮卡在「工蟻」們開第二槍之前便已接近。自那之後，她的動作全都如行雲流水般流暢俐落。

第一人——她狙擊槍手的肩膀。

第二人、第三人——她先是屈身閃避揮舞刀子的女人的攻擊。接著撿起第一名槍手掉落的手槍，同時發射兩手裡的兩把槍，擊碎左右一男一女的腿。

第四人——她沒有給陣形大亂的「工蟻」們重整旗鼓的時間，迅速朝男人的下顎使出凌厲的飛踢，將其踢昏。

第五人、第六人——兩名男子從左右兩旁持刀襲來。她和剛才閃避子彈時一樣，以彷彿整個人消失不見的步法避開攻擊。隨後以兩手裡的槍射穿兩人的肩膀，將其擊倒在地。

莫妮卡一臉乏味地扔掉搶來的槍。

翠蝶在遠處渾身戰慄。

（秒殺——？）

不可置信的景象令她停止呼吸。

當然，她從未小看莫妮卡的實力。對莫妮卡的潛力大為賞識的人正是翠蝶自己。

然而此刻的莫妮卡——渾身卻散發出遠超乎翠蝶期望的驚人氣勢。

而最令翠蝶感到驚訝的是——

（——「炮烙」的步法……！）

翠蝶也曾目睹那神速的動作。讓人誤以為是瞬間移動的速度。

從靜止狀態下，瞬間以最高速度移動。閃避所有子彈，單方面地蹂躪敵人——這便是被譽為不死之身的「炮烙」的精髓所在。

莫妮卡的動作不管怎麼想，都是她的技術無誤。

緹雅一臉佩服地笑道：

「好精采的表現。妳是從溫德先生那裡學來的嗎？」

「與其說是學來的，不如說是他硬灌輸給在下比較正確。在下的技術還不夠成熟啦，沒有那傢伙和克勞斯先生那麼俐落。」

「可是我已經分辨不出你們誰比較快了。」

看著交談的兩人，翠蝶全身汗流不止。眼前上演的景象令她戰慄不已。

（這實在太離譜了……！）

——隨心所欲煽動大眾，改革世界的女人。

——跟隨那名女性，一一打倒仇人的無敵女人。

理性一再地告訴翠蝶「妳弄錯了」。眼前的少女們雖然確實展現出她們部分的才能，但那絕非世界最頂尖的水準。絕無可能。

然而，翠蝶卻不知為何在腦中產生了連結。

情不自禁畏懼起在緹雅和莫妮卡身後的，某個巨大的存在。

——「紅爐」費洛妮卡，以及「炮烙」蓋兒黛。

翠蝶在她們身上，看見從前在影子戰爭中支配世界的二人組的影子！

（……這些傢伙究竟怎麼搞的！）

說起來，光是她們的計畫就已經夠瘋狂了。

由莫妮卡主動扮演殺害王族的大罪人，再由同伴緹雅對報社發揮影響力——無論怎麼想，這樣的計畫一點都不正常。

她們兩人大概一直利用翠蝶所不知道的手段互相聯繫吧。

那篇報導的照片——拍下莫妮卡正在殺害米亞・高多芬局長那一幕的照片——大概是她們偽造出來的吧，至於遺體則是經過偽裝。「燈火」裡聽說有變裝專家——那人恐怕正是葛蕾特。她們大概是請葛蕾特製作面具，然後讓其他女性扮演遺體吧。

正當翠蝶做出這番推測時，只見緹雅上前一步。

「我聽說了喔。聽說妳想成為莫妮卡的搭檔是嗎？真是貽笑大方啊。」

緹雅不客氣地對翠蝶說。

「妳少不自量力了——我才是莫妮卡的搭檔。」

她用輕蔑的眼神看著翠蝶。

莫妮卡雖然一副欲言又止地瞬間蹙起眉頭，卻沒有否定緹雅的話。她依舊緊握手槍，默默地觀察翠蝶的舉動。

翠蝶再次望向「工蟻」們。

他們的關節遭到子彈破壞，站不起身。儘管似乎不至於有性命之虞，但恐怕已是無法和莫妮卡交戰了。

翠蝶大大地嘆一口氣。

「吶，莫妮卡。」

「怎麼？妳已經不叫在下緋蛟了嗎？」

「嗯，真是遺憾。虧蜜本來還很期待和莫妮卡妳一起暗中活動、分享絕望，結果原來這才是妳的選擇啊。」

「妳的願望關在下什麼事啊。」

「嗯，沒關係～第一回合是蜜贏了，至於第二回合則應該算是莫妮卡贏了吧？蜜已經明白了，真的明白了，百分之百明白了～」

她緊握手裡的鑿冰器，嘻嘻一笑。

「——那就開始第三回合吧。蜜要展現身為翠蝶的真本事了。」

翠蝶咧嘴露出凌亂的牙齒後，大樓的窗戶旋即破裂。

無數子彈射了進來，同時有好幾人帶著手槍闖入室內。

莫妮卡和緹雅立刻遠離窗戶。

「ＣＩＭ？他們怎麼會現在出現？」

來襲的是芬德聯邦的諜報機關部隊。

翠蝶也一邊後退，一邊和其中一名情報員對視，以眼神示意對方去攻擊緹雅和莫妮卡。

緹雅發出悲鳴。

「莫妮卡，我們快逃！現在的妳要是碰見ＣＩＭ就慘了！」

聽了緹雅的話，莫妮卡逼不得已只好開始後退。她雖然朝翠蝶開了一槍，卻被翠蝶微微扭頭避開了子彈。

「冥、頑、不、靈！」

翠蝶用手指著離去的莫妮卡。

「——妳們這群做出錯誤選擇的無能之輩。為了即將來臨的毀滅戰慄吧，在漆黑的惡夢中掙扎死去吧！」

彷彿在宣告真正的戰鬥接下來才正要開始。

◇◇◇

克勞斯處理好傷口之後，將葛蕾特交給醫院照顧，自己則帶著愛爾娜、席薇亞和百合回到克雷特皇后車站。他心想緹雅可能會在，於是在那裡展開搜索，結果沒一會兒就聽見車站的西側傳來槍響。

他們一行人趕到時，附近一帶已陷入恐慌狀態。

黑幫在大樓屋頂上不斷開火。儘管有一瞬間看見雙肩上有傷疤、疑似翠蝶的少女，但那人很快就消失在煙霧之中。克勞斯原本想追上去，卻不禁猶豫起來，因為她所擲出的手榴彈眼看就要朝大馬路上的市民落下。

即使是其他國家的人，他也無法對有生命危險的普通市民見死不救。

克勞斯對能與自己合作的少女一喊「席薇亞！」，席薇亞立刻強而有力地回應「不用你說我也知道！」，同時拔腿狂奔。

席薇亞一把抓住即將飛來的炸彈，扔向克勞斯。

克勞斯則打開人孔蓋，同時將炸彈砸進下水道。

爆炸火焰從人孔蓋中竄出，隨之而來的轟隆巨響令附近一帶的人們發出更為驚恐的尖叫聲。混亂程度急速升高，還有人遭到流彈擊中而倒地。比起追趕已經消失不見的翠蝶，克勞斯等人只能選擇以照顧他們為優先。

就在他們被絆住好一會兒之後，一名意想不到的少女出現在克勞斯等人面前。

「老師？」

是緹雅。

看來她好像沒料到克勞斯等人會離自己這麼近。

「緹雅。」

克勞斯以低沉的語調開口。

「妳可真是恣意妄為啊。居然擅自成立『烽火連天』這樣的組織。」

「啊！呃，那是——」

她瞬間表現出想要敷衍過去的樣子，不過隨即就放棄似的搖搖頭，然後深深低下頭來。

「——對不起，我之後願意接受任何處分。但是，是莫妮卡指示我這麼做的，她要我尤其不能告訴老師這件事。」

雖然很想大發牢騷，不過還是等以後再說好了。

過去緹雅曾經試圖幫助身為他國間諜的安妮特的母親逃走，而當時她接受了莫妮卡的協助。

這次她會幫忙，應該一方面也是想報恩吧。

比起那個，克勞斯更想確認一件事。

「所以呢？莫妮卡現在人在哪裡？」

「咦…………？」

緹雅神情錯愕地轉身。

然而她的背後沒有莫妮卡的身影。

「奇怪……？怎麼會這樣？」

緹雅的臉色愈來愈蒼白。

「……真奇怪，她剛才明明還跟我在一起……究竟跑去哪裡了……？」

莫妮卡似乎已經離開緹雅了。

其他少女們也陸續聚集到茫然的緹雅身邊。她們的臉上，全都掛著足以用悲愴來形容的淚水。

克勞斯繼續以平淡的語氣詢問。

「莫妮卡是怎麼跟妳說明她接下來的行動？」

「……她、她說要回到『燈火』……說因為這樣下去，暗殺達林皇太子的嫌疑會落到自己身上，所以要請老師幫忙藏匿她……」

講到後來，緹雅的聲音變得愈來愈小聲。

她像是察覺到事態不妙一樣，手指不停地顫抖。

「……還有，她說要跟大家一起對抗ＣＩＭ，證明自己的清白……」

「原來如此，妳也被莫妮卡欺騙了啊。」

克勞斯連責備的力氣都沒有了。

假使莫妮卡有心欺騙緹雅，那麼要識破她的謊言非常困難。最重要的是，就連克勞斯也跟緹雅一樣誤會了。他也是在不久前才發覺事情的真相。

「……我原本也跟妳想的一樣，以為莫妮卡只是以雙面間諜的身分假裝順從『蛇』，之後遲早會回到『燈火』。我本來打算為了保護被嫁禍涉嫌暗殺達林皇太子的她，去對抗ＣＩＭ。」

她死心般的笑容掠過腦海。

克勞斯嘆息道。

「可是，她的決心卻超乎我們的預期。」

兩人對莫妮卡的誤解，導致他們沒能及時阻止她。

克勞斯已經將他的推測告訴緹雅以外的少女了。在眾人一片愕然之中，還有少女因為不願相信那個可能性而哭了出來。

「莫妮卡從一開始就沒打算洗刷冤屈，也不打算回到『燈火』。她打算繼續扮演暗殺達林皇太子的加爾迦多帝國間諜，成為CIM索命的對象——」

他沉重地說道。

「——然後就此死去。」

10章　叛徒

the room is a specialized institution of mission impossible
code name hyozin

在休羅東部，有一個被稱為船塢道的港口群。

好幾座巨大的港口，在流經都市中央的特雷寇河沿岸相連。直到一個世紀以前，這裡都還是世界上最大的港口，是來自各國的大量進口貨物聚集的據點。這一帶滿滿地矗立著巨大的磚造倉庫，以及用來儲存原油的球型槽。

此刻雖然已是傍晚時分，這個地區卻沒有被黑暗所籠罩。因為強烈的燈光照亮了一帶，以便工人將不停送達的貨物卸下。

尤其碼頭附近的燈光更是亮如白晝。

莫妮卡站在船塢道的倉庫上遠眺碼頭，靜靜地休息。

她的手裡握著一台無線電機。那是她從緹雅身上偷來的。

但是無線電機卻毫無反應。

（枉費在下本來還打算留個訊息，結果白費心思了。）

揚聲器中只有傳出雨聲般模糊不清的聲音。

無線電的訊號好像受到干擾了。

（……可能是ＣＩＭ的人群聚在一起的關係吧。他們好像派出了相當多的人。）

平靜地接受這個事實，莫妮卡舉目望向夕陽。她從逐漸西沉的太陽，見到自己之後即將迎來的末路。

——真的別無選擇嗎？

她好幾度這麼回想，卻始終想不出更好的答案。

（ＣＩＭ已徹底被「蛇」毒害，沒辦法講道理。不知為何，他們始終堅信是迪恩共和國的間諜殺死王族。）

他們正拚命尋找殺害達林皇太子的刺客。如今恐怕已經是面子問題了吧。犯下讓刺客逍遙法外這樣的失態之舉，將威脅到整個國家的威信。

「燈火」眼前只有兩個選項。

——犧牲一名迪恩共和國的間諜。

——全力對抗ＣＩＭ，證明幕後黑手是加爾迦多帝國的間諜。

莫妮卡想選的當然是後者。

（可是，以迪恩共和國間諜身分馳名的克勞斯先生一旦公然抵抗，這件事將會演變成嚴重的外交問題。屆時，就連「燈火」的安全恐怕也會遭受威脅。）

再說，ＣＩＭ已經受到「蛇」的控制，無論莫妮卡再怎麼強調自己是清白的，他們還是非常有可能聽不進去。

無效的消耗戰持續久了，「燈火」之中的誰早晚有可能沒命。

繼「鳳」之後，誰會成為下一個犧牲者？是葛蕾特？席薇亞？緹雅？莎拉？安妮特？愛爾娜？還是百合？又或者是所有人？

一想像起那樣的悲劇，莫妮卡就全身冷汗直流。

（雖然連在下自己都有點不敢相信——）

她靜靜地思考。

（但在下是真的想保護雙方。不只是百合，還有——「燈火」也是。）

無論反覆思考多少次，她的決定都沒有改變。

只要莫妮卡一人犧牲，所有事情就會告一段落。

芬德聯邦的國民會因為刺客死去而感到安心。ＣＩＭ能保住面子。由於莫妮卡被報導為加爾迦多帝國的刺客，迪恩共和國因此得以迴避與芬德聯邦之間的外交問題。「燈火」能夠讓損失降至最低，繼續準備迎戰「蛇」。

對所有人而言都是快樂結局。

她心中唯一的遺憾，是與百合之間的約定。

——「約好嘍，我們每個人都要活下來。我們不會再有人死去，會全員一起回去陽炎宮。請大家發誓一定要做到這一點。」

她在同伴們面前，像在宣誓一般說了這番話。

每當回想起來，莫妮卡便會情不自禁放鬆臉上的表情。

「抱歉啊，在下可能沒法遵守約定了。」

她露出自嘲的笑容，直盯著前方。

「因為在下是愚蠢又卑劣的——叛徒。」

莫妮卡沒能成為雙面間諜。她捨棄了「燈火」和「蛇」，甚至拒絕克勞斯的幫助，獨自孤單地站在這裡。

於是，清算的時刻即將到來。

等待莫妮卡的最終決戰——那是一場沒有勝算，與ＣＩＭ之間的總體戰。

◇◇◇

亞梅莉在混亂之中回到了CIM的總部。

她是從「燈火」的據點逃出來的。當時，她沒能識破克勞斯設下的所有巧妙圈套，而且莫名有股按下某種開關的感覺。

用不了多久，克勞斯大概就會透過無線電，得知亞梅莉逃走的事實吧。假使他有意，他能夠殺光「貝里亞斯」的部下。

可是即使明白這一點，亞梅莉也非這麼做不可。

（時間到了，燎火。如今情況變得如此混亂，即使得犧牲所有部下的性命，我也只能選擇向高層報告。）

儘管覺得過意不去，她也必須做出身為間諜的正確判斷。

亞梅莉一抵達CIM總部，立刻就前往最高機關「海德」的房間，向屏風另一頭的五人陳述事實。也就是自己在追捕「浮雲」蘭的過程中，和「燈火」合作卻上了當、遭到拘禁，以及因為部下被挾為人質，自己只能乖乖聽命的事情。

「海德」默默地聽取報告。

亞梅莉透過皮膚的刺痛感，察覺到充斥整個空間的緊張氛圍。

「『貝里亞斯』的失態等之後再追究。我們遲早會做出處分，但不是現在。」

其中一人以嚴肅的語氣說。

其他四人也表示同意。

「亞梅莉，將妳所見一五一十地說出來。」低沉的男性說話聲傳來。

「……悉聽尊便。」

「射殺達林殿下的是『浮雲』蘭嗎？」

「不，我認為不是。達林殿下遇害那一晚，我確認過『浮雲』的傷勢。以她當時的狀態無法進行暗殺，至少她應該不是實行犯。」

「某間報社報導犯人是名叫『緋蛟』的間諜。關於這一點，妳怎麼想？」

「恕我難以判斷。」

亞梅莉老實地回答。

這世上唯一知道真相的，恐怕就只有犯人了。

「唔嗯，真奇怪……和風雅相距甚遠……」

屏風另一頭，一個陰沉的男性聲音這麼說道。他特別在風雅二字加重了語氣。

「我記得，『迪恩共和國的間諜欲取達林殿下的性命』是『魔術師』帶回來的情報。**莫非我**

們犯了絕對不該犯的錯誤？」

室內氣溫頓時微微下降。「海德」內部似乎產生了對立。名為「魔術師」的人成了被抨擊的箭靶。

結果，這次換成一道沙啞的女性說話聲響起。她大概就是「魔術師」吧。

「……沒有錯。」

「嗯？」

「也就是說，新聞所報導的是事實——刺客的真實身分，是偽裝成迪恩共和國間諜的加爾迦多帝國間諜。這中間只是產生些許誤會而已。」

「魔術師」像在辯解的低語聲結束後，四周籠罩在漫長的寂靜之中。

低沉的男性聲音再次對亞梅莉發問。

「亞梅莉，我問妳。」

他的口氣十分尖銳。

「『緋蛟』是哪一方的間諜？——是迪恩共和國？還是加爾迦多帝國？」

亞梅莉猶疑了一會兒。

但是她有辦法回答這個問題。只要陳述事實就好。

「『緋蛟』莫妮卡在我面前，攻擊了『燈火』的同伴。」

亞梅莉親眼目睹她毫不猶豫朝同伴揮刀的景象。

「——我想，她應該是加爾迦多帝國的內奸。」

屏風另一頭傳來嘆息聲。

一陣沉默之後，「海德」的五人似乎已達成某種共識。

「通知ＣＩＭ目前能夠出動的所有部隊，敵人是加爾迦多帝國的惡徒。」

不久，命令下達了。

「——即刻殺死『緋蛟』。賭上ＣＩＭ的威信，絕對不能讓她給逃了。」

亞梅莉捏起裙子，深深行禮回答「遵命」。

她早就料到會如此了。無論是反帝國派抑或親帝國派，現在的莫妮卡都是他們亟欲抹殺的對象。

「海德」會做出這個決定是必然的。

（……雖然這一切說不定都在她的計畫之中。）

亞梅莉窺見過莫妮卡眼中的落寞，然而她並沒有將此事告訴克勞斯。

畢竟，亞梅莉沒有道理要袒護她。

不再猶豫。處死「緋蛟」如今已是芬德聯邦全國人民的期望。

◇◇◇

從克勞斯口中得知所有真相後，緹雅滿臉錯愕。遭到背叛的事實可能令她大受打擊吧，只見她眼眶泛淚，肩膀不住發顫。

「這是騙人的吧……」緹雅喃喃地說，但是卻沒有一個同伴肯定她的話。

起初克勞斯向同伴說明時，少女們也有相同的反應。教人難以接受的事實令她們神情茫然，被湧上心頭的不安徹底擊垮。

「那個叛徒……！」

緹雅心有不甘地握緊拳頭。

「我們去阻止她吧！不能夠讓莫妮卡一人犧牲——」

她的話被無數腳步聲打斷。

身穿黑色大衣的人們一個接一個地聚集過來，包圍住克勞斯等人。他們好像是混在陷入恐慌的群眾之中，藉機靠近。

人數約莫有二十人。

「你們是ＣＩＭ的人對吧？」

克勞斯語氣平靜地詢問。假使他有意攻擊對方，隨時都能將那群人擊退。

黑衣集團中的一人走上前來。

那是一名渾身散發強者特有的從容，皮膚黝黑的金髮男性。克勞斯之前在康美利德時報公司前面見過他，他在漆黑的大衣腰際掛了一把與時代不符的軍刀。「你就是那個燎火？」他這麼問。

眼中帶著視人如糞土般的輕蔑眼神。

「我是ＣＩＭ的防諜部隊『瓦納金』的首領──『盔甲師』梅瑞狄斯。和你之前交手過的『貝里亞斯』是夥伴。」

「這樣啊。有什麼事嗎？」

「勸你不要那麼有敵意。我們手上有人質。」

在他微微瞥去的方向，有其他男人們抓住了褐髮少女和胭脂髮少女，並將槍口對準她們。

「莎拉！蘭！」席薇亞驚呼。

聽見自己的名字，少女們懊悔地咬住嘴唇。

「對、對不起。他們突然闖了進來──」「抱歉。吾等實在寡不敵眾。」

克勞斯不為所動。

「是亞梅莉通風報信的啊。」

其實克勞斯早就發現她逃走了，只是因為當時剛好正在與莫妮卡交手，所以無暇向莎拉二人下達指示。

自稱梅瑞狄斯的男人用鼻子哼一聲後繼續說。

「ＣＩＭ接下來將展開『緋蛟』的抹殺行動。把那傢伙的情報說出來。她對你們和迪恩共和國來說應該是叛徒才對。」

「…………」

「要是敢包庇她，你們也會成為王的敵人。」

克勞斯暗自思索。左腿受傷的他必須保護包括人質在內的所有少女，並將在場的「瓦納金」二十人殺光封口。

不是做不到，只是風險太高，即使成功了也看不見光明的未來。

梅瑞狄斯以老神在在的口氣說下去。

「乖乖聽話吧，我們也不想和迪恩共和國製造多餘的外交問題。這麼做，總比『緋蛟』出身自迪恩共和國一事被公開來得好吧？——還是說你想打仗？」

只能做出決定了。

克勞斯從懷中取出手槍，輕輕扔到地上。

少女們表情痛苦地倒抽一口氣。

「完蛋了啦。」

席薇亞語帶不屑地說。

「你們的國家已經徹底完蛋了。」

包圍四周的「瓦納金」成員們表情頓時一沉，對席薇亞投以凌厲的目光，梅瑞狄斯則一臉無趣地罵了句「妳這小鬼還真囂張啊」。

克勞斯趁那短暫的瞬間動了動手指。

不久，克勞斯等人便被「瓦納金」帶走了。他們被戴上手銬，押上車，遮住雙眼，徹底限制住行動。

當時，離克勞斯最遠的少女聽從他的手勢，趁「瓦納金」成員們的視線集中在席薇亞身上時若無其事地後退，悄悄混進休羅的人潮之中。

◇◇◇

太陽完全西沉，餘光將天空染成一片橘紅。

莫妮卡持續在倉庫上等待著。

殺氣騰騰的人們慢慢地往船塢道這一帶聚集。從剛才開始，她便感受到許多扎人的視線。

一如她所推測的，ＣＩＭ已經捕捉到她的行蹤。如今他們正為既不逃跑也不躲藏的少女感到奇怪，一面疏散周邊的市民。等他們完成疏散工作後，便會立即展開抹殺。包圍網已建構完成。

理解對方意圖的莫妮卡，喃喃地嘟噥「怎麼還不快點開始呢」。

結果下一刻，從莫妮卡站立的倉庫旁邊就響起「找～到妳了～」的拉長音說話聲。

是翠蝶。

「啊嘻、嘻嘻嘻、嘻嘻嘻、嘻！」

她露出凌亂的牙齒，發出低俗的笑聲。

「吶，怎麼樣啊，莫妮卡？現在ＣＩＭ的高手正陸續往這邊聚集喔～他們要來抹殺妳喔～」

「在下反倒想問妳，妳不怕被ＣＩＭ看見嗎？」

「沒關係喔～因為ＣＩＭ絕對不可能會攻擊蜜。」

她一派自滿地回答。

翠蝶擁有能夠隨意操縱ＣＩＭ的力量，而莫妮卡早已得知她那份力量背後的祕密，因此她非問不可的是其他完全不相干的事情。

「告訴在下一件事。」

「什麼事～？」

「假使當初報社報導出來的嫌犯是妳而不是在下，妳會怎麼做？」

「嗄？當然是透過ＣＩＭ立刻毀掉報導啊？接著只要公開發表『燈火』裡的某個人才是嫌犯，將那則新聞掩蓋過去就好啦。」

「嗯，幸好有問這個問題。」

莫妮卡露出淺笑，點頭說道。

「在下的選擇果然是正確的。」

「蜜是不曉得妳這麼說是什麼意思啦——不過時間好像已經到了喔。」

籠罩周遭的殺氣變得更加濃烈。

沒一會兒，一切便準備就緒。

「永別了，緋蛟。蜜會在一旁好好地為妳送行的。」

呢喃似的說完，翠蝶旋即消失在倉庫的另一頭。

緊接著下一刻，西裝打扮的武裝集團出現了。他們是ＣＩＭ的團隊之一。成員們各自握著手槍，以銳利的眼神注視著莫妮卡。

人數共有十四人。

一名眼光凌厲的男人站在中央。大概是團隊的老大吧，他的臉上只有嘴巴戴著仿效肉食動物的黑色面罩。從他身上散發出來的殺氣，莫妮卡猜想他八成是相當厲害的高手。

他們不報上名號，不做多餘的交談。

什麼也不說明。無論是其真實身分為隸屬ＣＩＭ的精銳部隊「卡巴爾」，還是他們原本在國外出任務，但是達林皇太子死後便被緊急下令召回。抑或是，他們原本是在加爾迦多帝國執行暗殺任務的，無與倫比的戰鬥集團。

——除了「紅爐」外，世上沒有他們殺不死的人。

也就是說，他們是一群身處那種等級的人。

在他們背後，還有最高機關「海德」的其中一人——「咒師」奈森，ＣＩＭ最大防諜部隊「瓦納金」的七十五人，最高機關直屬防諜部隊「貝里亞斯」的十六人。

這便是ＣＩＭ所精心準備，專門用來屠殺間諜的上百名成員。

「絕對正義——」

「卡巴爾」的老大，「影法師」路克開口。含糊不清的說話聲從他嘴上的面罩後方傳來。

「——我們永遠都是正確無誤。」

莫妮卡聳了聳肩。

「喔，是嗎？」

「王的敵人啊，乾脆地死去吧。」

他們即將執行任務。

憑著以抹殺一名少女而言，過分強大到堪稱虐殺的武力。

◇◇◇

直到被帶進屋內後，克勞斯等人的眼罩才被取下。

這裡似乎是ＣＩＭ所有的據點之一。從移動時間來推算，可以想像距離休羅並不遠。由於沒有窗戶，無法判斷正確的所在位置。這是一間牢房，房內連一張椅子也沒有，出入口就只有一道鐵製的門。

「瓦納金」的人丟下一句「給我暫時乖乖待在這裡」，便離開牢房。他們大概也要加入抹殺莫妮卡的行動吧。

手槍被沒收，要破壞鐵門十分困難。

遭到囚禁的是克勞斯、百合、席薇亞、緹雅、莎拉、蘭這六人。照這個情況來看，安妮特和葛蕾特恐怕也在醫院遭到拘禁了吧。

克勞斯將身體靠在牆上，吐了口氣。如今也只能將一切交給時間了。剛才在移動過程中，他只對「瓦納金」透露了一些莫妮卡非常無關緊要的表面情報。下一次被叫出去，大概會是事情全部結束之後吧。

「老人！我問你！」

席薇亞一副再也忍耐不下去地大喊。

「難道沒有其他法子了嗎？如果是你，你應該有辦法才對……！」

「現在也只能等待了。」

克勞斯閉上眼睛，淡淡地回應。實際上，克勞斯的確無能為力。

咬牙切齒的聲音傳來。

「你這次到底在做什麼啊……！」

睜開眼，只見席薇亞淚流滿面地站在那裡。

她漲紅了臉、緊握雙拳，用一副像要把克勞斯吃了似的凶狠眼神瞪著他。

「這次你一點用都沒有！不僅容許莫妮卡背叛，連搜索也花了好長的時間，甚至遇到了還讓她逃走！這樣一點都不像你！你到底在搞什麼啊！」

「席薇亞……！」

百合抓住她的手臂安撫她。

席薇亞甩開百合，神情痛苦地用手摀住臉。

「我也知道自己是在亂發脾氣……可是！可是！」

她用肩膀大大地嘆氣，語氣哀傷地說。

「我心裡的某個部分就是忍不住會想……覺得老大一定會想出辦法來解決……」

席薇亞無力地垂下頭。

克勞斯靜靜地望著消沉的部下。

其他少女也對席薇亞投以安慰的眼神。她的控訴，恐怕是在場所有少女共同的心聲吧。

沒有錯，這次克勞斯犯下了許多過失。她們會感到失望也是理所當然。

「……老師也已經盡力了喔。」

百合開口替克勞斯緩頰。

「再說，這件事也不單單是老師一人的責任。要是我們更努力一點——」

「不，不是那樣的。」

克勞斯回答。

「這次我的行動會慢半拍是有別的原因。我現在終於發現了。」

少女們全都用狐疑的眼神望著克勞斯。

回頭想想，克勞斯確實一直都覺得不對勁。其中最古怪的，就是他在襲擊「貝里亞斯」之前沒有去追究莫妮卡的異狀。

關於這個疑問，克勞斯在與她直接交手後總算明白了。

理由單純到讓他不禁鬆了口氣。

「——莫妮卡正在急速成長。」

「「嗄？」」

「她的成長超乎我的預期，因而能夠徹底隱瞞自身的計畫。莫妮卡單純就只是贏過了我。」

克勞斯心裡甚至升起一絲的不甘心。還是說，他應該要為了自己學生的成長感到開心呢？

百合一臉錯愕地說。

「……咦？等等、等等，就算她再怎麼厲害，贏過老師這種事——」

「她現在還只有十六歲對吧？」

雖然可能就快十七歲了，但無疑還是相當年輕。未來的發展難以估量。

克勞斯回想起十六歲時的自己，坦率地說出感想。

「——現在的莫妮卡，也許比我十六歲時還要強。」

「「「「咦？」」」」

在場的少女們同時目瞪口呆。

但是，這的確是克勞斯發自內心的真實感想。當然，克勞斯現在也比十六歲時成長了許多。

他雖然不想讓出世界最強的寶座，不過這下恐怕無法再老神在在下去了。

百合依舊渾身僵硬地喃喃自語。

「這、這實在是……」

少女們無法相信也是難免的。

不過，直接跟莫妮卡交手過的克勞斯知道，知道她在這個絕境中被迫覺醒的才能有多強大。

這個世界，有時會罕見地誕生出怪物。

就好比創造出克勞斯這名稀世間諜一般，這個地方還有另一人——

「她確實是抱著必死決心在向CIM挑戰。要是可以，我也想阻止她。但是，她表現出了堅定的意志，所以我也只能尊重她。我想，她應該也沒有打算完全不抵抗，就這麼被殺死。」

克勞斯勸告少女們。

「既然如此，我也只能相信她了。相信那個天才會存活下來，然後再一次回到『燈火』。」

有了飛躍性成長的莫妮卡決定戰鬥到底。

既然如此，不去妨礙她或許才是正確的。

如今唯一能做的，就是閉上雙眼，祈禱她平安生還。

◇◇◇

異樣的景象在船塢道上演。

在場的CIM間諜們，一時之間全都無法理解眼前荒唐的事態。

以「咒師」之名為世界所恐懼的奈森，在特雷寇河旁抬頭仰望，目擊了那一幕。他是一名身經百戰的男人，曾經在世界大戰中與「火焰」聯手，令加爾迦多帝國的諜報網陷入混亂。他隸屬於最高機關「海德」，是至今唯一仍繼續站在最前線的成員。

奈森感應到許久不曾品嘗到的恐懼，揚起嘴角「風雅……！」地喃喃自語。

最大防諜部隊「瓦納金」的老大——「盔甲師」梅瑞狄斯在「卡巴爾」的後方待命。他負責在「卡巴爾」萬一讓莫妮卡逃走時擔任後援，但是在他冷靜的判斷之下，他原以為自己應該是派不上用場，甚至懷疑這樣的配置過剩了。

然而如今，梅瑞狄斯承認那樣的推測完全失準，並且舉起了腰際的軍刀。

「貝里亞斯」的老大，「操偶師」亞梅莉在梅瑞狄斯身旁拿著指揮棒，準備隨時對部下發號施令。儘管長期受到監禁的部下已是疲憊不堪，亞梅莉仍相信自己感應到的不祥預感，激勵還能動的人參戰。

亞梅莉重新認識到，「燈火」的少女果然可能對這個國家造成威脅。

至於遠離戰場、不經意轉身的翠蝶，則是發出「咦…………」的驚呼。

ＣＩＭ的精銳部隊「卡巴爾」十四人全滅了。

芬德聯邦內數一數二擅長暗殺的團隊，徹底敗給了一名少女。十四人全倒在倉庫上面，有的被子彈射穿膝蓋，有的則翻著白眼失去意識，沒有一人能好好地站著。

這一切，全是莫妮卡一人所造成。

和「卡巴爾」交戰的她，避開朝自己射出的子彈，採取了近身戰。

——蹂躪。

她將手中的小刀換成手槍，在極近距離下連續開槍，粉碎「卡巴爾」們的肩膀和膝蓋。她時而把敵人的身體當成盾牌彈開子彈，時而準確無比地投擲搶來的刀子。

莫妮卡的射擊極為精準。

她利用敵人倒下的身體掩飾手部、開槍射擊，準確地打倒下一個敵人。被莫妮卡的迅速震懾而瞬間停止動作的人全數中彈，無一倖免。

僅僅不到兩分鐘，「卡巴爾」便全數滅亡。

莫妮卡確認從敵人手中搶來的自動手槍的觸感。

（啊啊，身體好熱……）

她大口吐氣，事不關己似的心想。

（這是什麼感覺……映在視野中的一切全都好不真實……）

連續作戰應該已經讓疲勞達到頂峰了才對。

儘管如此，身體卻異常輕盈，彷彿大腦正在分泌什麼可疑成分一樣。

（敵人太慢了……？不對，是在下太快了……）

連她也不知道該如何形容現在的自己。

（——感覺簡直就像體內有火在燃燒。）

那是最貼切的一句形容詞。

好熱。熱得不得了。身體深處——點亮內心的火焰正在燒灼全身。

從這一天起，莫妮卡獲得了新的代號。

是奈森在見過船塢道的情景後，替她命名的。

諜報機關為他國間諜所取的名字，和間諜在自己國家自稱的代號有著不同涵意。通常代表那人在任務中具有重要意義、必須提防，又或者是非剷除不可的對象。

——「燒盡」。

而在芬德聯邦，那意味著該人物是必須確實殺死不可的威脅。

「為什麼……」

和莫妮卡敵對的梅瑞狄斯喃喃自語。他沒有對自己的部下發號施令，就只是瞪大雙眼，捕捉眼前的狀況。即使指示七十四名部下行動，也只會白白徒增犧牲者。現在的莫妮卡身上，確實散發出令他這麼感覺的強大氣勢。

「為什麼殺不死她……？『卡巴爾』可是ＣＩＭ的頂尖團隊啊……」

他只能這麼暗自呻吟。

「……至今殺死過好幾名超一流的間諜——」

莫妮卡朝梅瑞狄斯的方向走來。

朝著在倉庫下面仰望的他，投以輕蔑的目光。

「——！」

梅瑞狄斯反射性地倒抽一口氣。

她立刻就看出負責指揮在場多數間諜的人是他了。

「聽得見嗎，ＣＩＭ的廢物們？」

莫妮卡的聲音響起。

「在下只說一遍。你們要是敢對在下動手，難保你們能夠活命。不管你們是傀儡還是奴隸，只要敢動手，在下就殺了你們。」

這一點都不像襲擊達林皇太子的刺客會說的話。

然而「卡巴爾」的成員看起來全都尚存一息。只要進行急救處置，就有辦法保住一命。

她手下留情了——這個事實讓梅瑞狄斯再次感到戰慄。

「在下一點都不在乎。」

她的一字一句響徹了船塢道。

「什麼世界還是間諜的，在下對那種東西不感興趣。在下只希望能夠做自己，和想要相伴的人一起生活。真的只要那樣就滿足了……！」

聲音中逐漸帶著熱度。

「然而你們卻被無聊的傢伙所欺騙，錯殺無辜的人，企圖搶走在下寶貴的東西。真教人火大，你們這群傢伙實在令人作嘔！」

無法理解她突然吐出的控訴，梅瑞狄斯只能沉默。

——錯殺？

她到底在說什麼？危害芬德聯邦的惡徒，有什麼資格一副自以為是地在那裡說教？

莫妮卡像是放棄似的搖搖頭。

「無法理解的話就算了。總之，在下要做的只有一件事。」

她兩手各握著一把從「卡巴爾」成員身上搶來的手槍。

「——在下要將這個國家破壞到體無完膚。」

她展開了行動。

莫妮卡在倉庫上方奔跑，接著順勢一躍而下。她在空中連開數槍，以準確的射擊技術打倒周遭的間諜，降落在梅瑞狄斯的正前方。

「有意思！」

率先對她敏捷的行動做出應對的是梅瑞狄斯本人。近身戰是他拿手項目。他的勇猛和度量，正是讓七十四名部下忠誠服從他的魅力所在。

「妳這個危害王的惡徒！我『盔甲師』要直接將妳吊死——！」

他抱著不惜兩敗俱傷也要殺死對手的決心，拔出慣用的軍刀。

在雙方交錯的前一刻，莫妮卡忽然一個翻滾，緊急迴避開來。

兩人錯身而過，沒有傷到彼此。

原來是在不遠處待命的亞梅莉從旁干涉。莫妮卡為了閃避她的部下所發射的子彈，放棄和梅瑞狄斯交戰。

「我可不會讓妳對這個國家為所欲為喔。」

亞梅莉用指揮棒指著莫妮卡，露出挑釁的表情。

「！亞梅莉……」

「好久不見了。」亞梅莉對咂舌的莫妮卡笑道。「——【一百八十七號劇目】。」

「貝里亞斯」的部下們四人一組展現出完美默契，對莫妮卡展開強攻。他們四人手裡拿的是衝鋒槍。

那是偏好隱密行動的間諜通常不會使用的強力火器。

面對同時開火的四把衝鋒槍，莫妮卡也只能撤退。

她讓身體往旁邊偏移。

一瞬間就橫向移動約莫三公尺的距離。她離開衝鋒槍的彈道，攻擊狙擊手的肩膀。那是溫德傳授給她，「炮烙」的超高速打帶跑技術。

然而，她的熟練程度不足以連續使用這項技術。

莫妮卡轉身逃跑，在倉庫縫隙間狂奔。

（這不是突然在街上爆發的戰鬥，也難怪他們會準備機關槍了。）

情況已經不同於一般間諜之間的戰鬥。

儼然就是一場戰爭。正面對抗對莫妮卡不利。

（看來只能先逃跑再發動奇襲，完成那個了──！）

就在她這麼下定決心的時候。

一個異樣的男人，從在倉庫間奔跑的莫妮卡頭頂上方降落。

他讓長度超過一公尺的頭髮飄揚，降落在莫妮卡的正前方。叮叮咚咚的奇怪聲音響起。那是他全身上下穿戴的大量珠寶飾品所發出的聲響。戴在兩手上的好幾個手環和項鍊互相碰撞摩擦。

「……妳的那個是『炮烙』的動作吧？真是風雅。」

「咒師」奈森。ＣＩＭ最高機關「海德」的一員。

他用槍將自己的長髮往上一撥，以陰沉的聲音說道。

「……我很高興喔……見到像妳這樣自稱來自加爾迦多帝國的間諜如此胡鬧，我國那些醜陋的親帝國派人士大概也會清醒過來吧……多麼美好且風雅的展開啊……」

「真巧呢。」莫妮卡笑著說。「在下也有同感。」

「妳這孩子果然有意思…………莫非這就是妳的目的……？」

「如果是呢？」

「妳應該在萬全狀態下作戰的。」

奈森壓低聲音，讓手環發出叮叮咚咚的聲響。

「——妳太小看ＣＩＭ了。」

隨後，他所使出的一記凌厲飛踢，讓莫妮卡費盡全力才得以用雙手擋下。

衝擊力道本身並不大，然而不知為何身體卻劇烈搖晃，讓莫妮卡沒法站穩腳步，倒向後方。

那是莫妮卡所不知道的技術。

她轉身背對奈森，再次全力逃跑。

儘管只有一瞬間，她卻深刻理解到與他正面交手絕非明智之舉。

奈森沒有硬追上來，放走了莫妮卡。他認為應該讓莫妮卡繼續大鬧一陣子，之後再找個適當的機會殺死她。

然後，莫妮卡也識破了他的如意算盤。

慢慢消耗的體力，令她感應到死亡正逐漸朝自己逼近。

（在下的體力果然不夠啊……）

她的體力已經在打倒「卡巴爾」時消耗掉大部分。

跑著跑著，「盔甲師」梅瑞狄斯又再次出現在前方。

他這個人的特色就是執念很深，總會不停地追逐目標，確實將其打倒。體力無窮無盡的他，對現在的莫妮卡而言是最棘手的對手。

梅瑞狄斯「妳已經累了嗎？可惡的惡徒！」這麼出言挑釁。

莫妮卡擲出橡膠球，使其在倉庫的牆上反彈，從梅瑞狄斯的死角發動攻擊。她靠著自己擅長的奇襲攻擊擺脫對手、拉開距離，然後躲藏起來。

一邊消耗武器，一邊再次逃跑。

即使一再取得局部勝利和躲避，莫妮卡也很清楚過不了多久，自己就會敗在人數之下。她當然早就知道，知道自己在這場戰鬥中沒有勝算，也沒有一絲希望。

——莫妮卡是抱著命喪於此的覺悟在打這場仗。

（但是還不行……還差一點……只要再一下子就好——）

莫妮卡用盡所有體力，在船塢道不斷奔馳，並且一發現原油槽，便在槽體下方動手腳。

她擲出鏡子、插在鎖定的位置上，警戒四周。

莫妮卡需要休息，可是四面八方都有敵人的身影。如果用槍打倒對方，槍聲又會引來新的敵人。若是稍微停下腳步，就會被獵犬般的梅瑞狄斯追上。

就在她不禁咒罵一聲「該死」時。

「莫妮卡姊姊！」

意想不到的少女從暗處衝出來。

「愛爾娜？」

莫妮卡忍不住驚呼。

為什麼她會混進這座戰場？難道她鑽過了ＣＩＭ的包圍？

然而，她卻是在最壞的時間點出現。

「瓦納金」的一員對聲音起了反應。一名在倉庫上方追趕莫妮卡的男人認為愛爾娜是「緋蛟」的援兵，於是朝她開槍。

子彈擊中愛爾娜的側腹附近。

「——！」

鮮血朝四周飛濺。

莫妮卡立刻狙擊男人，然後急忙趕到愛爾娜身邊。

大量鮮血從愛爾娜的腹部流出，她神情痛苦地按著肚子。雖然好像還有意識，但無疑身受重傷。

愛爾娜以虛弱的聲音開口：

「是老師拜託愛爾娜呢……要愛爾娜來支援莫妮卡姊姊……」

不明白她的意思。這是哪門子的支援啊？

正當莫妮卡感到困惑時，只見她用顫抖的嘴唇泛起微笑。

「愛爾娜會爭取一點點時間呢。無論是遭逢不至於喪命的不幸，還是扮演純真的少女，都是愛爾娜的絕技呢。」

「！難道妳是故意的……？」

她身上穿著像是普通人的清純洋裝，看起來一點都不像迪恩共和國的間諜。

當然，克勞斯應該不可能會指示她使用這種方法。

「愛爾娜相信莫妮卡姊姊會活著回來呢。」

她以真摯的眼神這麼對莫妮卡說。

然後下個瞬間，她頓時就身體一軟，暈厥過去。原本按住腹部的手鬆開，鮮血逐漸在地面擴散開來。

「！」

莫妮卡朝空中開了一槍後便離開愛爾娜。

不久，背後傳來梅瑞狄斯的高聲怒吼。

「停火！這裡有未完成避難的老百姓！」

他的語氣嚴肅得令人畏懼。

「她中彈了！馬上送她去醫院！絕對不能殺害王的子民！」

老百姓喪命應該是ＣＩＭ也希望避免發生的事態。

隨著ＣＩＭ的陣形大亂，攻勢稍稍減緩，莫妮卡因而有餘裕調整紊亂的呼吸。

「————！」

愛爾娜只有替莫妮卡爭取到些許時間。

然而這樣就已經足夠讓她重新燃起鬥志了。

她下定決心，前往早已決定好的地點，也就是燈火通明的碼頭。

可是就在抵達前一刻，仇敵一副像在說自己是最後一道屏障似的擋在前方。

「已經結束了喔喔喔喔～莫妮卡～～～～！」

是翠蝶。

好像一直在等待莫妮卡體力耗盡的她，露出凌亂牙齒嘻嘻一笑。

「……沒想到妳這麼愛出風頭。」

莫妮卡嘖了一聲，停下腳步。

她感應到結束救助愛爾娜的ＣＩＭ們正在往這邊聚集。他們遲早會徹底包圍莫妮卡。

翠蝶沒打算逃跑的樣子，反而像是希望ＣＩＭ的人快點來一樣。

「在下已經發現妳的真實身分了啦。」

莫妮卡說。

「妳自己說過妳『從前背叛了某個組織』。妳是前ＣＩＭ情報員對吧？而且還不是普通的情報員，是能夠隨意操控許多人的職位。」

只要往這方面去推測，就能做出一連串的猜想。

「潛藏在最高機關『海德』中的叛徒——這就是妳的真實身分。」

「完全正確～！」

翠蝶開心地鼓掌。

「蜜本來只是想稍微給妳一點提示，沒想到真的被妳發現了～」

她應該擁有相當大的權力，而且她似乎還向周圍的人撒謊，以「我是特意隱瞞身分去接近暗殺事件的嫌犯，引誘她坦白招供」為由來掩飾自己和莫妮卡交談時的親暱態度。

莫妮卡邊嘆氣邊搖頭。

「難怪妳這麼軟弱。」

「什麼？」

「妳大概是在『海德』裡面得知了什麼事情吧。是『殘酷無情的黑暗面』嗎？妳發現令妳難以忍受的真相，心裡一定很難受吧，可是到頭來妳還是逃跑了。妳出賣祖國，讓王族遭到殺害，嘲笑應該保護的人民是『愚民』，甚至墮落到加入『蛇』，到處散布廉價的惡夢。妳真是個悲慘又沒用的傢伙耶。」

她露出輕蔑的笑意。

「在下跟妳這種人才不相像。」

翠蝶頓時面紅耳赤。

莫妮卡本來只是想套一下話，不過這下看來猜測得沒錯了。

「那又如何？」她皺起眉頭，滿臉不悅。「妳將死在這裡。妳已經被燎火拋棄了啦！」

她說得沒錯。

這一帶已經被徹底包圍。「貝里亞斯」部隊已將衝鋒槍對準了莫妮卡，奈森也站在他們旁邊，緊盯著她。看似能夠突破的縫隙，全都被梅瑞狄斯所率領的「瓦納金」部隊所填滿。

莫妮卡和翠蝶同時採取行動。

翠蝶發射子彈，企圖射穿莫妮卡的喉嚨。

莫妮卡則躲過那發子彈，朝翠蝶的肩膀開槍。子彈命中對方的右手臂附近。

「看妳往哪逃！」

一腳踹開呻吟的翠蝶，莫妮卡一躍跳到群聚的ＣＩＭ面前。

看在旁人眼裡，這是等同自殺的愚蠢行為。果不其然，ＣＩＭ的人們開始射擊，打算將莫妮卡射成蜂窩。

可是，她早已在腦中反覆進行精密的計算。

（克勞斯先生的確沒有救助在下——但是，這樣就夠了。）

她的計算來到了最後階段。

愛爾娜幫忙爭取的短暫時間，讓她得以完成計算工作。

（他無論何時都能將在下擊垮。）

翠蝶徹底忽略了。

——忽略莫妮卡為何不惜賭上性命，也要與克勞斯展開殊死戰。

照理說，那是不必要的行為。既然早就料到會和ＣＩＭ交手，就應該要保存體力才對。莫妮卡的行為非常不合理。

翠蝶完全沒有識破她那麼做的理由。

這也難怪了，畢竟那是一般人絕對想不到的動機。但如果是「燈火」的少女，就理所當然能夠理解。

（和老師之間的戰鬥——才是引導咱們更上一層樓的教室。）

那麼做有其必要性。莫妮卡在教堂說「來替在下上課吧」的話是千真萬確。

她想要向世界最強的間諜，學習如何在槍林彈雨中存活下來的技術。

莫妮卡放棄避開ＣＩＭ釋放的所有子彈，只用雙手保護要害，避免身受致命傷。她咬牙忍受肉體遭到剜挖的痛楚，將群聚的ＣＩＭ們吸引過來。

她利用克勞斯所傳授的技術，不斷創造出極短暫的時間。

「……角度……距離……焦點……反射……速度……時間……」

莫妮卡所發動的，是她新獲得的力量。一再被克勞斯和溫德打敗的她努力追求成長，並且不停思考保護百合以及「燈火」的方法。

最後，她找到超越「偷拍」的更強大力量。

莫妮卡朝ＣＩＭ們伸出右手，朗朗說道。

「代號『冰刃』——盛大燃燒的時間到了！」

帶給莫妮卡靈感的人是愛爾娜。

在龍沖與「鳳」展開的戰鬥。她利用周邊事物演出的事故。

聚焦火災。

——船塢道一帶竄起大火。

照亮港口每個角落的強烈燈光，被莫妮卡散布的透鏡和鏡子匯集起來，點燃了她特意放置的纖維。接著，火苗令安裝在原油槽底下的炸彈啟動、破壞槽體，原油於是起火。一如莫妮卡所預料的，熊熊燃燒的火焰不斷向港灣內眾多的倉庫和船隻擴散，整個船塢道瞬間就被烈火所包圍。

大火陸續吞沒ＣＩＭ的人們，他們除了逃竄以外別無選擇。為了緊急避難，他們接連跳進特雷寇河中。

在一轉眼就變得宛如地獄的港口內，只剩下翠蝶一人還留在碼頭上。她頂著燒焦的頭髮，錯愕地瞪大雙眼。

「妳是白痴嗎？居然搞出這麼——這麼亂七八糟的破壞——」

她拚命地吼叫。

「不只是間諜……這下妳將成為全世界所有國家的敵人——」

「在下一開始就有此打算。」

唯一逃離火勢的只有莫妮卡和翠蝶。在火勢包圍之下，唯獨她們兩人彼此相對。

莫妮卡的右手握著小刀。

「你們利用他人的弱點，逼迫對方背叛，但是無論你們製造出多少同伴，在下都會利用更巨大的恐懼將其抹消。無論是殺死王族還是什麼，在下都在所不惜。」

她並不打算慈悲以待。

「少來阻撓在下。」

莫妮卡往前大大跨出一步，猛地朝翠蝶的鎖骨揮落小刀。

她發出尖叫，倒臥在地。

（好了，接下來——）

解決掉翠蝶之後，她緩緩地調整呼吸。

狀況並未大幅獲得改善。火勢不斷從後方逼近，河裡則有在那避難的幾十名ＣＩＭ等著。

——戰鬥將會持續下去。直到莫妮卡的生命結束為止。

這個世界並未善待莫妮卡。

人生至今，每當她感覺自己獲得了什麼，最後總會被一股無可抵抗的巨大力量所摧毀。每換一個地方生存，都還是會遭遇挫折。就連好不容易終於找到、想要好好珍惜的感情，也被這個社會認為是一種疾病。暗藏心中的愛意不僅被惡毒的間諜所揭露、利用，最後甚至還被導向毀滅。

於是她抵抗了。並且坦蕩蕩地昭告世人，反叛才是自己的生存之道。

「縱火」×「反派角色」——偽惡嗜好。

無法與任何人分享也無妨。縱使被全人類憎恨也無所謂。

這個詐術和在下還真相配啊。乖僻少女如此自嘲，嘴角不由得泛起微笑。

終章 「少女」與「世界」

the room is a specialized institution of mission impossible
code name hyozin

某天的陽炎宮。百合的寢室。

「對了，莫妮卡！」

「不要突然大叫。妳就不能安靜地繼續按摩嗎？」

「說到這裡，莫妮卡妳的特技是什麼啊？我到現在還不知道耶。」

「喔，因為在下沒有說啊。」

「葛蕾特好像已經發現是什麼了，可是她怎樣都不肯告訴我。」

「在下也告訴莎拉了喔。」

「什麼！」

「百合，看這邊。」

「嗯？——！剛才有東西在發光？」

「結束了。因為在下就算不依賴特技也夠強了，而且考慮到情報外流的風險，所以實在不想讓太多人知道。」

「是喔～妳還真神祕耶……所以呢？剛才的光線到底是什麼？」

「在下是絕對不會說的，尤其是對妳。」

莫妮卡至今仍捨不得丟掉當時拍下的照片。

◇◇◇

船塢道的大火到了深夜依然沒有撲滅。

將近凌晨十二點時，政府破例緊急召開記者會，公開表示「火災是潛伏在芬德聯邦內的間諜所引起」，然而卻對具體的國名避而不提。

──與射殺達林皇太子的間諜疑似為同一人。

──這名凶惡的間諜因為被ＣＩＭ逼到走投無路，於是最後舉槍自戕。

官房長官淡淡地這麼說明，並且呼籲大眾不要隨便聽信坊間流傳的假消息，之後便迅速結束記者會，對於記者的嚴厲追問完全不予理會。

雖然還不清楚國民對於這則報導的反應如何，不過事情應該可以算是暫時告一段落了。

在ＣＩＭ總部透過電視觀看記者會的奈森嘆了口氣。

接著對在一旁待命的部下亞梅莉開口：

「這麼一來，混亂應該就會平息下來……雖然有可能會被譴責害嫌犯自殺，不過至少還能保住一點面子……亞梅莉，妳做得很好。我會在『海德』的成員們面前好好誇獎你們的……」

亞梅莉初次見到的CIM最高幹部「海德」的一員──「咒師」奈森。

他心滿意足地看著螢幕，點點頭。

「這下終於也能舉辦達林殿下的喪禮了……得辦一場風雅的弔唁儀式才行……」

若是往常的亞梅莉，或許會因為受他稱讚而歡喜落淚，然而現在的她卻完全沒有那種心情。

「這樣真的好嗎？」亞梅莉問道。

「嗯？」

「結果我們並沒有找到莫妮卡的遺體。」

在大火中與CIM駁火的她，沒多久便被火焰吞噬，失去蹤影。

儘管在亞梅莉看來她應該是已經死了，可是卻沒有找到最重要的遺體。堅持「王的敵人即使成了屍體也要吊起來」的梅瑞狄斯如今仍和部下持續地搜索遺體，不過最後恐怕還是會一無所獲吧。

奈森聳了聳肩膀。

「這件事無論如何都不能告訴國民……要是讓民眾知道我們引起這麼大的災害，最後卻還是讓刺客給逃了，屆時說不定會發生暴動。」

「……我們永遠都是正確無誤。」

「沒錯，為王效命的我們必須隨時保持完美風雅。」

從他的口氣聽來，他似乎並不打算深究沒抓到莫妮卡一事，而且也感受不到任何怒氣。雖然風雅一詞的意思依舊讓人一頭霧水。

奈森或許已經察覺到，她並不是殺害達林皇太子的真凶吧。

「說到這裡，『燒盡』留了臨別贈禮給我們呢。」

「……啊，你是說被棄置在那座碼頭上的——」

莫妮卡將一名少女打成半死不活，棄置在那裡，感覺似乎別有用意。

亞梅莉並不認識那名間諜，雖然她總覺得好像在哪裡見過對方。

「她是『海德』的一員——『魔術師』蜜蕾娜。」

「咦…………」

「她是三公主哈托菲殿下的次女。因為存在一直受到隱匿，所以妳不知道也很正常……從以前開始，『海德』便有從王族之中選出一人以上作為成員的慣例。」

聽了這個令人無法置信的情報，亞梅莉瞠目結舌。

然而在王權強大的芬德聯邦，成員之中若有王室成員，做起事來確實會方便許多。這次的騷動，據說也是由她負責在CIM和王族之間進行斡旋。

一想到屏風另一頭竟然有那樣的少女，亞梅莉不禁愕然。
奈森語氣冷酷地說：
「亞梅莉，妳去盤問她……『燒盡』似乎想向我們傳達什麼訊息……」

◇◇◇

當亞梅莉等人在進行後續處理的同時，「燈火」則繼續在監禁房內等待好消息傳來。
ＣＩＭ尚未帶來任何情報。
他們唯一能夠依靠的，就只有擺在房間中央、克勞斯偷偷帶進來的「燈火」的特製無線電機。那台無線電機即使距離遙遠也能接收到訊號。
據說莫妮卡從緹雅身上偷走了無線電機。無線電機現在應該還在她身上才對。
他們不停望著無線電機，希望她能和自己聯繫。
幾名同伴不時輪流對著無線電機，呼喚莫妮卡的名字。
「她一定還活著。」
克勞斯平靜地說。
「所以，現在就繼續等待她跟我們聯絡吧。」

在場所有人都一直目不轉睛地注視無線電機。

◇◇◇

夜晚，莫妮卡不停地走。

身上飄散出濃濃的燒焦味。在熊熊大火中持續和CIM展開槍戰的她，最後選擇了逃走。她認為自己已經以加爾迦多帝國間諜的身分鬧夠了，於是決定以生存為優先。

她自行投身火焰之中，抱著不成功便成仁的決心突破火海。

看在CIM的人眼裡，應該會覺得莫妮卡已經死了。

要是他們認為抹殺成功就好了。她暗自這麼祈禱，展開逃亡。

莫妮卡一邊緊急處理中彈的傷口，一邊神不知鬼不覺地跳上恰巧經過的卡車車斗。等到車子抵達休羅的東南方她才跳下車，然後就開始不停地步行，想要找到一個可以好好休息的地方。

（糟糕……意識快要消失了…………）

體力已經到達極限。

莫妮卡拿出了所有的一切。無論是子彈、炸彈、鏡子還是透鏡，全都一個不剩。身上唯一有的就只有快要斷掉的小刀。就連體內的血液，也已流失到差點就無法活動的程度。

只要稍微鬆懈下來，就會立刻倒下睡著。

她所要前往的地方，是蘭曾經告訴她的——「炮烙」蓋兒黛的藏身處。

那是沒什麼人居住的冷清木造公寓的一個房間。屋子裡有水還有食物，是連ＣＩＭ也掌握不到的據點。只要抵達那裡，就能獲得片刻的安穩。

因此體力已到極限的她，才會一步一步、搖搖晃晃地走在住宅零星坐落的寧靜小鎮上。

「……吶，那邊的大姊姊，妳還好嗎？」

途中，一個稚嫩的聲音從背後傳來。

一轉身，就見到一名年約六歲的小女孩穿著睡衣站在那裡，懷裡還抱著粉紅色的熊布偶，一副剛剛才從床上跳下來的模樣。

「現在外出很危險喔，因為休羅那邊有壞人在作亂，我的爸爸、媽媽也都很害怕呢。所以，不要外出走動比較好喔。」

小女孩好像是從窗戶看見莫妮卡，才會急急忙忙衝出家門。夜色昏暗，她可能沒有看見莫妮卡身上的傷吧。

莫妮卡忍不住泛起微笑。

「妳放心，壞人已經離開了喔。」

「真的嗎？」

「當然是真的，這個國家的厲害高手們一起把壞蛋打敗了。他們毫不留情地將壞人打得落花流水，然後輸得慘兮兮的壞蛋就被正義之火燒死了。所以妳可以安心地睡了喔。」

小女孩打從心底感到放心般，露出天真笑容說「真是太好了～」，之後便回去自己的住處。

目送小女孩回去後，莫妮卡再次朝著蓋兒黛的藏身處前進。

明天早上，眾多國民一定會歡呼喝采。CIM成功殺死了暗殺達林皇太子的惡徒。他們會為了這個事實鼓掌叫好，並期待平穩的日子再次降臨。混亂將會平息，人們會逐漸恢復笑容。

剛才遇見的小女孩，想必也會開心地露齒而笑吧。

——人們將高舉雙手，歡迎沒有莫妮卡的世界到來。

這樣就好，莫妮卡嘆息著心想。

只要這個世界又少了一份憂懼就好。

「實在令人傻眼耶，怪物。」

道路前方傳來說話聲。

那是低俗的男性聲音。那個聲音粗野又下流，一聽就感覺是個氣度狹小的人。

「到底是怎麼搞的啊？意思是，怪物的學生也是怪物嗎？真教人鬱悶極了～」

一名頂著蘑菇頭髮型的男人站在那裡。

他的身材矮小，露出彷彿像在嘲笑全世界的陰鬱眼神，正在拍打自己的額頭。男人裝模作樣地大聲嘆氣，將狙擊槍扛在肩上朝這邊走來。

莫妮卡知道那個特徵。長相也和克勞斯從前所畫的肖像畫一致。

——「白蜘蛛」。

白蜘蛛扭曲嘴角，「算了，既然幸運能夠找到逃跑的妳，也算是抵銷了吧」地這麼說。

原來如此，莫妮卡恍然大悟。她早就知道芬德聯邦裡有翠蝶以外的「蛇」。

「吶——」莫妮卡狠狠地瞪著他。「你莫非就是翠蝶的頂頭上司？」

「嗯，就是這麼回事。」

「原來如此，那麼射殺達林皇太子的也是你嘍？」

「隨妳怎麼想像。」他放下肩上的狙擊槍，握在手中。「所以說——妳去死吧。」

莫妮卡竭盡全力，才用小刀的刀背擋下他所射出的子彈。

威力強大和手槍截然不同等級的子彈，光憑衝擊力便粉碎了莫妮卡的手腕關節。

她一面向後翻滾，同時明白自己的右手已經派不上用場了。

「嗯，你比我早一步找到啊。居然不把天下無敵的我放在眼裡，你這傢伙簡直不可原諒。」

另一道男性說話聲，從和白蜘蛛相反的方向傳來。

首先注意到的是三條右臂。其中兩條應該是義手吧，義手的表面扭曲反射了月光，散發出金屬光澤。義手的主人有著高大壯碩的外型特徵，但卻用大衣的兜帽蓋住頭部，讓人看不見他的長相。

「但是既然輸了，我也只好認了。好吧，我決定把天下無敵的稱號讓給你——就此引退。」

「等一下、等一下，『黑螳螂』。沒必要為了這點小事就說要引退吧。」

「……『車轍斧』故障了，害我完全提不起勁。」

「不要東扯西扯的，給我認真做事。我完全沒料到事情會變得這麼麻煩。」

「好吧，既然你這麼拜託我，那也沒辦法了。這大概就是能力太好的人的宿命吧。幾千萬帝國人民的期待都壓在我肩膀上……啊啊，引退離我愈來愈遠了。」

「你難道每次都得自戀一番才有辦法拿出真本事嗎？能不能改掉那個習慣啊？」

彼此說笑一陣後，兩人看向莫妮卡。

「那就——快點給她致命一擊吧。」

毫不猶豫。

莫妮卡將剩餘的力氣全部用來逃跑。她迅速起身，為了遠離從道路前後兩側包夾接近的他們，跑離道路、逃往住家的方向。

「喔～妳還能跑啊？」白蜘蛛愉悅的說話聲傳來。

從對方的口吻聽來，被稱作「黑螳螂」的男人應該也是「蛇」的一員。他們的實力和不過是顆棋子的翠蝶想必大不相同。

子彈和體力皆已耗盡。慣用手遭到破壞。而且還是二對一。

——不可能打得贏。

可以確定的是，這不是憑藉精神力就能扳回劣勢的狀況。

莫妮卡離開他們的視野，再次朝「炮烙」蓋兒黛的藏身處跑去。「蛇」似乎只是預測她的逃跑路線，然後搶先一步抵達而已，應該並不知道關於藏身處的情報。

只要抵達那棟木造公寓，或許就能撐過眼前的窘境。

她拚命地驅動已經使不上力的雙腿。

『莫妮卡！』

忽然間，懷裡的無線電機傳來說話聲。

『聽見請回答！』

莫妮卡瞪大雙眼，停下腳步。

「百合……？」

她在和ＣＩＭ作戰前一刻，曾經打開無線電機的電源。

從無線電機流瀉出來的，無疑正是百合的聲音。

終於聯繫上了。之前訊號一直不通，好像是因為ＣＩＭ使用大量的無線電機才造成干擾。他們可能暫時中斷對莫妮卡的搜索了。

『妳現在人在哪裡？妳沒事吧？』

「簡單來說……」

莫妮卡將無線電機貼在耳朵上，再次拔腿奔跑。耳邊傳來百合倒抽一口氣的聲音。

「翠蝶是『海德』的人。現在，在下在伊密朗遇到了白蜘蛛。對翠蝶下指示，還有殺害達林皇太子的都是他。他的身旁還有名叫黑螳螂的多臂男——」

「妳在說什麼啊？」

就在抵達木造公寓前方時，莫妮卡又碰上了白蜘蛛和黑螳螂。被他們搶先一步了。兩人像是喜孜孜地看著獵物四處逃竄的獵人一般，露出奸險的笑容。

莫妮卡瞬間動腦思考。

現在非說不可的情報——

「——代號『炯眼』。去拜託那個人。如今唯有那人能夠打敗『蛇』。」

白蜘蛛和黑螳螂微微瞇起雙眼。

不能在他們面前講述詳情。

出發前往芬德聯邦前不久，克勞斯所準備的奇招。以不同於「燈火」的八名少女的編制形式加入，目前最值得他信賴的迪恩共和國間諜。

「還有——」

莫妮卡沒有繼續說下去。應該傳達的情報都已經說完了。

「遺言交代完了嗎？」白蜘蛛舉起狙擊槍。「謝謝妳在最後還告訴我們有趣的情報，這樣就夠了。」

即使抵達木造公寓，眼前也有敵人，無法逃進去。

而且，他們也不可能允許莫妮卡繼續逃跑。

『莫妮卡……？』

百合的聲音傳來。

此時此刻的她，臉上究竟是什麼樣的表情呢？

「還有——」

接下來說出口的，將會是對她說的最後一句話。

莫妮卡好幾次想要默默地拋下通訊器。然而制止她不要那麼做的，是葛蕾特曾經對她說的話，以及從內心深處湧現的渴求。

——在下將永遠無法和誰分享心情，就這麼離開人世。

她一直對此感到恐懼。她的人生，是由一連串的死心所組成。

「吶，百合。」

嘴唇動了起來。

「聽到在下這麼說，妳可能會覺得很困擾——」

說到一半，眼淚幾乎就要奪眶而出。

「又或許聰明的妳，早就已經察覺在下的心意也說不定——」

她忍住淚水，帶著發自內心的笑容，慢慢地、清楚地說出口。

「在下喜歡妳。」

槍聲和衝擊幾乎同時發生。

白蜘蛛在極近距離下射出的子彈貫穿無線電機，將其粉碎。

莫妮卡握著無線電機的左手，以及貼著無線電機的左耳一起遭到破壞。濃稠的血液自側頭部流過臉頰，按住傷口的雙手已使不上力。

「喂，我可以好奇問妳一個問題嗎？」

白蜘蛛以愉悅的口吻問道。

「真的是出乎我意料耶。如果妳真心向『蛇』倒戈，我本來願意保證『花園』的性命無虞。離開『燈火』不當間諜，和『花園』平靜度日——這樣難道不好嗎？」

莫妮卡想過很多次。

犧牲「燈火」，和百合兩人一同在某個遙遠的鄉下安穩度日。徹底脫離間諜的世界，過著安全的平凡生活。

那是只要她願意就能迎來的未來。可是，莫妮卡卻無論如何都無法選擇那麼做。

「當然不好啊。」

莫妮卡用沙啞的聲音回應。

「因為就算在下喜歡百合，百合也不喜歡在下。」

聽了這個回答，白蜘蛛露出憐憫的眼神。摥著他說完「……我會將妳的話當作日後的參考」，便再次舉起狙擊槍。一旁名叫黑螳螂的男人則是舉起三條右臂。

結束的時刻終於要來臨了。

莫妮卡大口吸氣，向他們詢問。

「——情嗎？」

「嗄？」

一度說出口的話被夜風吹散了。

莫妮卡說了句「不要讓在下講第二遍啦」，舉起已經動不了的右手。她竭盡全力彎曲嘴角，擺出得意洋洋的表情。

「在下是問要不要手下留情啦，你們這兩個廢物。」

隨後，黑螳螂的三條右臂同時有了動作。

那是她唯一能夠以肉眼辨識的景象。之後她便被強烈的衝擊所包圍，分不清發生了什麼事。

她的衣服裂開，身體被狠狠地拋向後方，撞上木造公寓的牆壁。接著她衝破牆壁，抵達一樓某人的房間。

即使抵達目的地也沒有意義。蓋兒黛的房間在遙遠的三樓，而且公寓四處也已經開始起火。

大概是「蛇」放的火吧。火勢像在嘲笑渴望安穩的莫妮卡一樣不斷增強。

一張莫妮卡一直帶在身上的照片，掉在倒地的她眼前。

那是她偷偷拍下，一直暗自珍藏的百合的照片。

在逐漸朦朧的意識中，莫妮卡持續望著那張照片裡的笑容直到最後。

代號「炯眼」。

被如此命名的間諜靜靜地俯視著城市。

休羅市籠罩在祝福之中。

船塢道的那場大火，已被從隔天早上開始降下的豪雨所澆熄，整座城市恢復了平靜。車站前的混亂逐漸解除，參與遊行的人數開始減少。急速增加的反政府組織也因為受到ＣＩＭ取締，勢力大減。

狙擊達林皇太子的間諜已被順利剷除——這樣的新聞為休羅市民帶來了安心感。

以擅自報導刺客相貌的康美利德時報為首的記者們，被人們視為是為了保護國家名譽而報導真相的勇者。至於其背後名為「烽火連天」的組織則因為擁有絕對力量的首領突然失去音訊，於是迅速地瓦解。

對於刺客是加爾迦多帝國的人這個傳聞，加爾迦多帝國的高官召開了記者會，嚴正予以否定。另外，像是「毫無根據」、「我國政府也對達林殿下的不幸表示哀悼之意」、「我們強烈希望能與芬德聯邦進行後續的協商」，他們還在記者會上發表了這樣的言論。

芬德聯邦國民的反帝國思想增強了。

但是為了不讓世界大戰的悲劇重演，ＣＩＭ正在全力誘導輿論。ＣＩＭ利用受他們掌控的媒體，在不改變反帝國的這個主軸下提倡反戰。

宛如從惡夢中醒來一般，城市逐漸恢復日常的光景。

——最大的惡已經消失了。

已經沒有必要煩惱。每個人都像在這麼說似的面帶笑容。

休羅市民鄙視、焚燒藍銀髮少女的照片，嘲笑她可悲的自殺，然後歡天喜地和自己的朋友、家人出門去享受寶貴的假日。

「炯眼」懷著空虛感眺望那樣的城市。

——莫妮卡所創造出來，唯獨沒有她的世界。

想起她的決心，「炯眼」的心中也湧出陣陣哀傷。

「炯眼」嘆了口氣，感覺到肩膀附近傳來微微的疼痛感。傷明明已經痊癒了，卻還是不時會突然隱隱作痛。

——「炯眼」是「燈火」的祕計。

是出發前往芬德聯邦前不久，克勞斯所準備的計策。深受信賴的「炯眼」，是克勞斯為了欺瞞、打倒所有敵人所安排的王牌。

然而肩負重責大任的「炯眼」並不完美，無法獨力行動。

因此「炯眼」只能等待——靜觀在這種狀況下，「燈火」將採取何種動作。

◇◇◇

克勞斯等人被一連監禁了三天。

說起這段時間發生了什麼事，就只有至今未能正式接受治療的蘭被移送至醫院，以及亞梅莉捎來通知，說她已暗地收留腹部受重傷的愛爾娜而已。

安妮特和葛蕾特在醫院接受治療的狀態依舊不變。

克勞斯、百合、席薇亞、緹雅、莎拉這五人持續等待時機到來。

三天後的早上，亞梅莉出現了。

「燎火。」

她以一身整潔清爽的裝扮，淡淡地說明。

「我們已經查明協助『翠蝶』的ＣＩＭ叛徒了。另外，有許多情報員都認為『燒盡』也就是莫妮卡是加爾迦多帝國的間諜。所以我想，以往分裂成親帝國派和反帝國派的我們ＣＩＭ，今後大概會一致堅守反帝國的立場吧。」

她微微地低下頭。

「感謝你的幫忙。我代替『海德』向你致意。」

她的聲音中充滿成就感，看來她似乎很滿意這次豐碩的成果。

但是，克勞斯一點都高興不起來。他並不想拯救芬德聯邦。

「我其實覺得無所謂。」

他坦白地說。

「就算殺死你們所有人、攻占ＣＩＭ，我也不在乎。」

「假使我們真的發生衝突，ＣＩＭ和『燈火』想必都會有許多人喪生。我們彼此互鬥沒有意義——這難道不正是莫妮卡所要表達的嗎？」

聽見莫妮卡的名字被提起，克勞斯的心掀起一陣漣漪。

他還沒有收到莫妮卡生還的消息。儘管他至今仍相信莫妮卡還活著，但實際上究竟如何——

在內心的動搖被察覺之前，克勞斯很快就恢復平靜。

亞梅莉開口。

「讓芬德聯邦深陷惡夢的幕後黑手——讓我們一起逮捕『白蜘蛛』吧。」

她的態度流露出些許安心感。

芬德聯邦和迪恩共和國之前會敵對，完全是因為ＣＩＭ的最高幹部「翠蝶」散布流言，將暗殺達林皇太子的冤罪嫁禍給共和國的間諜。

可是，這條滔天大罪已經由莫妮卡以加爾迦多帝國間諜的身分扛下，而且她還親自讓「翠蝶」失去行動能力。

雙方終於可以好好地建立合作關係。這一切都是託莫妮卡的福。

但是，眼前似乎還有課題需要解決。

「既然如此——」

克勞斯說道。

「——這股強烈的敵意是怎麼回事？」

在亞梅莉身後，有超過十名的部下正在待命。他們個個以嚴厲的目光，注視著包括克勞斯在內的「燈火」成員。

「這是『海德』的意思。」

亞梅莉態度堅決地說。

「你應該明白吧？我們想和熟悉『蛇』的你們合作，可是你們太危險了。我們沒辦法全然信賴你們。」

她的表情中蘊藏著平靜的威嚇感。

「——CIM要拘捕『燎火』和『夢語』。」

克勞斯早有心理準備。

——克勞斯的部下中出了一個「燒盡」莫妮卡。

——緹雅是反政府組織「烽火連天」的首領。

站在他們的立場，拘捕這兩人是理所當然的選擇。在背叛情節經常上演的間諜世界裡，受到他人全然的信賴是不可能的事。

無法抵抗。若是拒絕，勢必又會和CIM重演無意義的鬥爭。

她的部下帶著冷峻的神情，為克勞斯的雙手銬上手銬。手銬的構造相當堅固，讓人無法輕易掙脫。緹雅同樣也被戴上拘束具。

看來在事情結束之前，監禁生活還會持續一陣子。

「老師……」「老大……！」

背後傳來百合和席薇亞泫然欲泣的聲音。

◇◇◇

「蛇」製造出來的惡夢依舊持續著。

——「忘我」安妮特的肋骨碎裂，尚在住院治療中。

——「愛娘」葛蕾特因長期遭到監禁，需要療養一段時間。

——「愚人」愛爾娜因遭ＣＩＭ射傷腹部而住院。

——「冰刃」莫妮卡生死未卜。

——「燎火」克勞斯和「夢語」緹雅遭ＣＩＭ拘捕。

多數成員無法行動，「燈火」陷入超越半毀的功能停止狀態。

他們必須馬上確認的，是莫妮卡的安危。可是，有辦法採取行動的人員卻嚴重不足。

——於是，她的故事即將展開。

那名少女至今一直都被保護著。

在任務中始終扮演輔助的角色。

（小妹在間諜世界生存的理由……）

她猛地在腿中施力。

（……那難道不能——是為了「燈火」的大家嗎？）

也許會被罵是個愛依賴別人的人。也可能會被警告不要以那種動機握起手槍。但是，那樣就好。無論被責罵多少次都沒關係。

只要能夠被莫妮卡用混雜著傻眼和溫柔的語氣責備，怎樣都無所謂。

她站起身來。

——莫妮卡一定還活著。

莎拉信任她。如果是莫妮卡，她一定能夠擺脫任何困境。她現在一定還活著，藏身在某處。

畢竟就連克勞斯也相信「莫妮卡會活下來」，不是嗎？

但是如果想要幫助她，就需要有確實和她接觸過的人。

——「白蜘蛛」知道莫妮卡的行蹤。

不知是綁架了她，抑或是被她給逃了。

他手中握有情報。他是將芬德聯邦推入惡夢之中的元凶，也是殺害同胞的「燈火」的宿敵。

讓這個男人吐露情報，是救出莫妮卡唯一的手段。

莎拉緊握拳頭，走向房間的出入口。此時，「貝里亞斯」們正準備將克勞斯帶走。百合和席薇亞束手無策地在一邊旁觀。

她朝著克勞斯的背後大喊一聲「老大！」。

「莎拉……？」

克勞斯滿臉詫異地轉過身。

莎拉非常清楚自己接下來所要說的話，是多麼的荒誕無稽。

「啊…………」

她好幾度緊咬住顫抖的嘴唇。

「小妹……」

深知此舉魯莽輕率的她，雙眼再次熱淚盈眶。

「小、小妹……」

聲音顫抖得丟人，臉頰上也布滿淚水。

儘管如此，最後她仍以清晰堅定的語氣說出口。

「白蜘蛛就由小妹來打倒……！」

莎拉下定決心一定要達成。

（奇怪……好多人喜歡莫妮卡……？）

我雖然沒有對所有人進行問卷調查，不過見到有好幾個人說「我很喜歡莫妮卡喔～」著實讓我嚇一大跳，畢竟以她為主角的集數還沒有出來。說到這裡，我在粉絲信和推特上，也經常看見「我喜歡莫妮卡」的留言。

對此，我當然是覺得非常感激，不過同時也感覺眾人的期待像塊大石頭，重重地壓在我肩膀上。

（……………我得把莫妮卡篇寫好才行。）

於是，莫妮卡篇便在這樣的壓力之下誕生了。各位覺得如何？頁數也比往常來得多喔。

以下是感謝的話。再次承蒙トマリ老師畫出這麼漂亮的插圖，真的非常感謝您。每次為了動畫製作和老師討論今後的工作行程時，我都會邊發抖邊想「トマリ老師好像很忙……！」。請您務必要好好保重身體。

另外，我要特別感謝協助製作本集的M氏。我終於寫出來了喔。

最後是下集預告。接下來是第二季的最後一集。大家看了副標題應該就明白了吧，即將與幕後黑手對峙的，是從前被排除在「屍」任務中心之外的——非選拔組。百合、席薇亞，以及莎拉的逆襲即將展開，還有在本集沒有活躍表現的那孩子也是。那麼，大家再見。

竹町

國家圖書館出版品預行編目資料

間諜教室. 7,「冰刃」莫妮卡 / 竹町作 ; 曹茹蘋譯.
-- 初版. -- 臺北市 : 臺灣角川股份有限公司,
2023.03
面 ; 公分. -- (Kadokawa fantastic novels)
譯自 : スパイ教室. 7,《氷刃》のモニカ
ISBN 978-626-352-359-3(平裝)

861.57 112000508

Kadokawa Fantastic Novels

間諜教室 7
「冰刃」莫妮卡

（原著名：スパイ教室7《氷刃》のモニカ）

2023年3月9日　初版第1刷發行

作者：竹町
插畫：トマリ
譯者：曹茹蘋

發行人：岩崎剛人
總編輯：蔡佩芬
副總編輯：朱哲成
美術設計：莊捷寧
印務：李明修（主任）、張加恩（主任）、張凱棋

發行所：台灣角川股份有限公司
地址：104台北市中山區松江路223號3樓
電話：（02）2515-3000
傳真：（02）2515-0033
網址：www.kadokawa.com.tw
劃撥帳戶：台灣角川股份有限公司
劃撥帳號：19487412
法律顧問：有澤法律事務所
製版：尚騰印刷事業有限公司
ISBN：978-626-352-359-3